U0066327

一句獨秀

上

文創風 1137

南小笙 著

目錄

序文

南小笙

一直都很喜歡古代鄉村平淡溫馨的故事，於是有了創作的衝動。

在寫這個故事的過程中，不知不覺間筆下的人物變得鮮活起來，能感受到他們的喜怒哀樂，以及努力生活的美好精神。

書中的女主角「喬月」是一名穿越人士。

她聰明善良，在幫助家裡過得更好的同時，也用自己的計謀化解一個又一個危機，最後，尋找到屬於她的如意郎君。

我非常開心這本書能出版，和大家分享我創作的故事。祝大家天天開心，生活越來越美好！

第一章

五月的天氣慢慢燥熱起來，樹上的知了不知疲倦地叫著，吵得人沒有半刻安寧。午後，灼熱的陽光從大榕樹葉的縫隙間落下斑駁的影子。

喬月已經在大樹下坐了好一會兒了。

她目光凝視著手裡一個被攥得潮濕的破錢袋，這是一個很簡單的四方形束口錢袋，裡面裝著一小塊碎銀子。

銀子是真是假暫且不知，令她頭大的是，為什麼她會出現在這裡，手上拿著錢袋？

她分明記得自己在旅遊景點摔下山崖了，碰撞的痛楚還殘留在腦海中，她以為自己死定了，怎麼一睜眼就來到這奇怪的地方了？

她仔細打量著伸出來的一雙手，皮膚有些黑，有些粗糙，手指很細，指甲縫裡還殘留著污漬，掌心有一層薄薄的繭，喬月明白這是一雙做慣了家務的手。

她疑惑地摸了摸被頭巾遮擋的臉頰，雖不粗糙卻也不光滑，根本不是自己那精心保養多年的臉！

她猛地站起身，低頭去看身上的衣裳。

淺藍色的長袖褂子，黑色齊腳踝的褲子都已經洗得發白，面料是很普通的棉布，一點彈性也沒有，腳上穿著一雙黑色的布鞋，鞋尖處還打了一個補丁。

她在作夢？

喬月狠狠掐了一把自己的大腿，劇痛讓她眼裡瞬間漫起水霧。

不是作夢？她看著周圍的青山和眼前寬闊的泥路，搞不清楚這到底是怎麼回事？

突然，一陣眩暈襲來，眼前瞬間變黑，喬月扶著發暈的腦袋，一屁股坐到地上。

呼！呼！

她劇烈的喘著，腦袋猶如千斤重，額頭起了一層細汗，嘴唇也變得蒼白。

混亂紛雜的記憶一股腦湧了出來，猶如無聲的電影在眼前播放。

過了好一會兒，喬月才緩過來，臉上的表情猶如被雷劈過一般，眼神也變得呆滯。

她竟穿越到了一本書中！

這是她看過的眾多小說中的一本，沒什麼很特別的地方，講的是一個農家歷經辛苦養出了一個平步青雲的孩子，生活日漸變好的故事。

而她，既沒有穿成貌美如花的女主，也沒有穿成前呼後擁的貴族千金。

喬月扯了扯嘴角，她穿成了書中黑心肝的白眼狼——喬七月！

說起喬七月，她是主角蘇家收養的一個孩子，因出生在七月半，右邊臉頰上還帶了一塊胎記，被認定為不祥之人，兩個月的時候被家裡人丟棄，被路過的蘇母劉氏救了回去，改名喬月，當作親生孩子一般養大。

或許是血脈裡的遺傳，喬七月的心腸如同喬家人一樣黑，她沒有一顆感恩的心，反而在懂事後與原生父母家來往親密。

喬家貧窮，她屢次偷拿蘇家的財物給喬家，甚至將男主的救命藥錢給了其兄，導致男主一病就是一個多月，後來落下了頭疼的毛病。

長大後，因蘇彥之高中，喬七月竟給他下藥，欲成好事，被識破後苦苦哀求，才得到蘇家人的原諒。

本以為她發誓改過自新是真的，沒想到她竟因為妒忌蘇彥之未婚妻的美貌，在食物中下了劇毒害了女主，使其差點丟了性命。

蘇家人再也忍無可忍，欲報官將她抓起來，養母劉氏心軟求情，這才只是將她趕走。

後來，喬七月害怕被女主家人報復，便逃去親生父母家尋求幫助，沒想到喬家人不願搭理這個燙手山芋，在一個月黑風高的夜晚，迷倒了喬七月後將她賣給一家青樓。

隨後的情況可想而知，報應不爽，做惡之人得到了報應，不過月餘，不堪折磨的她便上吊死了。

就旁觀者來說，喬月對她這個結果還是很滿意的，惡人有惡報嘛！

但是，她現在根本笑不出來，因為她就是這個喬七月啊！

天啊，這穿越也太倒楣了吧！

還沒接受這淒慘的命運，遠處一個少年喊著她的名字跑了過來。

「銀子拿到手了吧？」

約莫十七、八歲的少年個子不高，很瘦，皮膚黝黑，穿著灰色的短打，氣喘吁吁地伸手，毫不客氣地道。

「什麼錢？」喬月很疑惑，她不認識這個人。

喬大柱眼睛一瞪，凶道：「好妳個小丫頭片子，跟妳大哥裝起來了，快點，把銀子拿來！」

來人自稱是喬七月的哥哥，喬月這才認出了他，這不就是喬七月的大哥喬大柱嗎？

喬月知道自己為什麼出現在這裡了，男主蘇彥之生病了，她主動說去鎮上抓藥，劉氏給了她家中最後的一兩銀子，可是她並沒有去抓藥，而是提前通知哥哥喬大柱，把銀子給喬大柱。

結果，被尾隨而來的兄嫂當場抓住，她哭求著說銀子是給親生母親救命用的，她不能看著母親去死。

蘇家最後的銀子沒了，只好想辦法去借，只借到了幾百文錢，抓了一些普通的藥，蘇彥之從此落下了陰雨天頭疼的毛病。

想到這裡，喬月不禁暗罵這個白眼狼，小時候若不是劉氏可憐救了她，她怕是早就死了，竟然還黑心肝地胳膊肘往外拐。

「沒有！」喬月皺著眉說了一句，便往前走。

「哎，妳站住！」

喬大柱一把拽住喬月。「妳敢耍我！是妳昨天通知我來拿錢的，咱娘得了風寒，要錢抓藥呢，快點把錢交出來！」

他見喬月手中攥著一個錢袋，便伸手去搶。

「你幹什麼！放手！」喬月死死攥著手掙扎起來，她知道風寒什麼的不過是藉口，只有喬七月這個蠢材會相信。

「反了妳了，敢耍妳親哥哥！」喬大柱怒了，這個妹妹一向聽話，今日竟敢跟他吵。

「放手……這是三郎的救命錢！」

喬月氣得臉都紅了，右邊臉頰的紫紅色胎記越發鮮豔，顯得猙獰起來。

她知道這錢是無論如何也不能交給喬大柱的，喬七月是白眼狼，她喬月不是，如今既成了喬七月，便不能走她的老路，以怨報德地對待蘇家人。

「喬大柱，你放開我妹妹！」

一聲怒喝從不遠處傳來，只見蘇大郎和妻子徐氏趕了過來。

見有人來，喬月又死死不鬆手，喬大柱心頭火起，一個巴掌甩了過去。

「啪」的一聲脆響，喬月左邊的臉頰頓時紅腫起來，腦袋也一陣眩暈，不由自主鬆開了手，喬大柱乘機奪了錢袋就要跑。

「把錢還給我！」喬月顧不得頭暈，雙手拽著喬大柱的衣服，倔強凶狠地瞪著他。

「小蹄子，今兒個怎麼回事，鬆手！」喬大柱用力掰開喬月的手，往日她不是最聽話了嗎？今日怎麼瘋了？

「喬大柱！王八蛋，你在幹什麼？」蘇大郎狂奔過來，喬大柱著急起來，咬著牙，心一狠，一腳把喬月踹倒在地。

「啊！」

不過十二歲的小姑娘哪裡禁得住農家少年的一腳？喬月一聲慘叫，腦袋磕到一塊鋒利的石頭上，頓時血流如注。

「該死！」喬大柱罵了一句，飛快地跑走了。

「小妹！小妹，妳怎麼樣？」蘇大郎扶起喬月，喊叫起來。

「銀子……被、被他搶走了！」喬月只感覺頭疼欲裂，胸口也一陣陣地疼，臉色慘白地說完這句話，人便暈了過去。

「春菊，妳快帶小妹回去，我去找那王八蛋！今天非打死他不可！」蘇大郎眼睛都紅了，咬著牙說完，起身追了上去。

上個月，喬月拿了家中兩百文錢交給了喬大柱，被蘇大郎的妻子徐氏撞見，今日她主動說要去鎮上抓藥，拿了家中僅剩的一兩銀子，徐氏不放心，便和蘇大郎偷偷跟來了，沒想到這喬大柱竟敢搶錢。

「小妹！妳醒醒啊！」見她頭上血流不止，徐氏也被嚇壞了，喊了喬月幾聲見她沒反應，趕緊揹著她往回走。

「娘！娘！快來啊，小妹出事了！」

家門口，徐氏放下喬月，精疲力竭地擦著額頭的汗，扯著嗓門高聲喊著。

「天哪，這是怎麼回事！月兒怎麼了？」聽見喊聲，劉氏趕緊跑了出來，見喬月滿臉是血地昏迷著，嚇得差點癱倒在地。

「二郎！小芳！趕緊出來！」劉氏大喊著，伸手去抹喬月臉上的鮮血。

「月兒，妳醒醒，別嚇娘啊！」劉氏雙手顫抖，聲音哽咽。

「娘！小妹這是怎麼回事！」

蘇二郎和妻子跑了出來，剛吃過午飯，他們都在房內歇息，聽見劉氏叫喊，立刻跑了出來。

「快進屋！」蘇二郎彎腰把喬月抱了起來。

看著昏迷不醒的喬月，劉氏坐在一旁直抹淚。「我的月兒啊，妳要是有什麼三長兩短，讓娘怎麼活啊！」

二兒媳趙氏端來了水，擰了帕子替喬月擦拭臉上和頭上的血跡，蘇二郎在一旁安慰，抬頭看向徐氏，問道：「大嫂，這是怎麼回事？」

徐氏恨恨地說：「喬大柱打了小妹，他還搶走了三郎的藥錢。」

「什麼！」蘇二郎瞪著眼睛就要衝出門，被徐氏一把拉住。

「你大哥已經追過去了，咱們等等吧。」

喬大柱搶走的是家中僅剩的一兩銀子，這段時間以來，蘇彥之的病情時好時壞，一直在吃藥，家中的錢都花光了，眼下喬月受傷，只能等蘇大郎回來再說了。

等了快半個時辰，蘇大郎氣喘吁吁地回來了。

「大郎！」

「大哥，怎麼樣了？」

剛進屋，幾人趕忙問道。

「唉！累死我了……」

蘇大郎頭髮凌亂，上衣胸口處也被撕裂了，他喘著氣坐到小馬扎上，擦著額頭的汗，把一個小布袋扔在桌上。

「喬大柱那王八蛋，讓我給逮住狠狠打了一頓！」

蘇大郎見喬月躺在床上，趕緊站起身走過去問：「小妹怎麼樣了？怎麼沒請大夫？」

徐氏擦了擦眼淚。「小妹一直沒醒，家裡已經一個銅板都沒有了，那錢要給三郎請大夫抓藥。」

蘇大郎沈默了，劉氏坐在床邊哭泣不止，他轉身走到門口，一拳捶在門上。

「大哥。」

虛弱的聲音響起，蘇彥之扶著牆走了過來。

「三弟，你怎麼出來了？快進屋。」蘇大郎扶著蘇彥之往屋裡走。

「大哥，去請大夫來給小妹看看。」他坐在椅子上拉著蘇大郎的手。「我還撐得住，沒事的。」

「可是……」蘇大郎遲疑了，蘇彥之出生的時候未足月，身體弱了些，平時倒也沒什麼，只是一生病就會很嚴重，前陣子染了風寒，一直未癒，斷斷續續都快半個月了。

「咳咳！」蘇彥之咳嗽幾聲，說道：「大哥，去請大夫，小妹要是有什麼三長兩短，娘只怕會受不住。」

這話說到蘇大郎最擔心的地方了，娘對這個收養的妹妹有多看重，這麼多年他們也很了解，若是喬月真的出了事，只怕娘也會……

「大哥，你就去吧！」蘇二郎也說道：「耽誤不得了。」

「好，我去請大夫！」蘇大郎咬咬牙，一把抓起桌上的小錢袋跑了出去。

蘇彥之走到劉氏身邊，安慰道：「娘，大哥已經去請大夫了，小妹會沒事的，您別太傷心了，身子要緊。」

劉氏淚眼矇矓地抓著他的手，哭得肩膀顫抖。「三郎，娘再也承受不了失去任何人了。」

第二章

清晨，天剛剛亮，趁著涼快，蘇家的男人們扛著農具下地幹活了。

不多時，東屋和西屋的房間也起了動靜。

蘇家人口多，居住的房間雖不大，但也夠住，原先只有正屋三間房間，後來蘇大郎和蘇二郎相繼成家，便將門前擴建一番，加蓋了東、西各兩間房間。

蘇母劉氏和小兒子以及喬月住在正屋，大房四口住在東屋，二房三口住在西屋。

徐氏和大女兒蕓娘出了房，她吩咐女兒去把雞鴨放出來，順便打掃棚舍。

趙氏拿了桶子裡的髒衣服，準備去河邊洗，她看看正屋，悄聲問：「小妹還沒醒過來嗎？」

徐氏搖搖頭，走近窗戶往裡瞧了一眼。

天光正亮，只見劉氏靠在床邊打著瞌睡，右手還握著喬月的手。

她輕嘆一聲。「唉，娘昨天守了一晚上，再這樣下去只怕身體會吃不消。」

說完，她推門進了西側的廚房，趙氏面色也是不佳，挑著衣裳出門了。

太陽慢慢昇起，空氣中肉眼可見的霧氣漸漸消失，金黃色的陽光照射在屋頂上。煙囪裡冒出的裊裊炊煙隨風而散，紅薯粥的香氣瀰漫在院子裡。

蘇二郎帶著兒子虎子走進院子。「嘶！好香啊，爹，我都餓了。」虎子單名蘇正寶，今年十五歲，少年正是長身體的時候，在地裡出了一身的力氣，這會兒早已飢腸轆轆。

蘇大郎摘下草帽，走到水缸邊舀了水進木盆裡，洗了把臉，道：「虎子累了一早上了，一會兒看你大娘煮了什麼早飯。」

趙氏在院子裡晾衣服，蘇二郎瞧了眼房間，擔憂地問：「小妹怎麼還沒醒？」

蘇大郎拍拍他的肩膀。「昨兒個大夫說了，小妹沒什麼大礙，這兩天就會醒的。」

蘇家十口人，每頓飯都要做一大鍋，徐氏揭開蒸籠，拿出幾個大碗，將粗麵饅頭裝進碗中，又從櫥櫃裡拿出幾碟小菜，讓蕓娘端出去。

「這個給娘和三郎送過去吧。」徐氏對趙氏道。

「嗯，知道了。」

蘇彥之風寒未癒，病了這麼多天，功課已經落下許多，白日裡他總是待在房間裡看書寫字。

「娘，吃早飯了。」趙氏端了一碗稀飯和兩個饅頭進了屋。

劉氏坐在床邊，臉上盡是疲憊，擺擺手表示不想吃東西。

趙氏瞧了瞧床上的喬月，勸道：「娘，您要保重身子啊，萬一熬壞了身子，月兒醒來看到了，豈不是要傷心了。」

劉氏抹了一把臉，神情哀戚，點點頭，沈默地端起碗。

飯桌上，劉氏不在，做主的就是徐氏，她端著碗分饅頭，家裡的男人和二房的虎子一人一碗粥、兩個饅頭加一顆雞蛋。女人們則是一個饅頭和一碗稀飯，吃個溫飽罷了。

常年做飯，徐氏對分量的把握已經爐火純青，這樣一分，鍋裡連一粒粥碴子也找不到了。

眾人沈默地吃飯，三個孩子你看看我、我看看你，許是感覺到飯桌上不同尋常的氣氛，相互遞了眼色，端著碗跑去院子裡的石桌吃飯了。

房間裡，劉氏只喝了一碗粥便放下了碗，摸著喬月被棉布包起來的腦袋，眼淚忍不住又落了下來。

「月兒啊，妳可一定要好起來……」她喃喃自語著，滿眼都是心疼和擔憂。

吃過早飯，蕓娘主動去收拾碗筷了。她今年十六歲，性格溫柔聽話，家裡的活能做的都會幫忙。

徐氏和趙氏坐在陰涼處納鞋底、補衣裳，趙氏低頭在笸籮裡找線，說道：「娘對小妹真的很好。」

徐氏在納鞋底，聞言抬頭看了她一眼，道：「是啊，咱們村，估計只有她日子過得最好了，卻還不知足。」

前半句說得語氣不掩羨慕，後半句則帶著明顯的怨氣。

也難怪，喬月算是她們看著長大的，性子最是了解，從小到大劉氏待她比對二房的親孫子還要好，明明都是莊稼人，她卻十指不沾陽春水，蕓娘像她那麼大的時候都已經幫忙下河洗衣裳了。

以前蘇老爺子還在世的時候，蘇家的日子還算不錯，可後來蘇老爺子突染疾病，家中花光了積蓄給他治病，最終還是沒能治好，蘇家的日子也難過了起來。

她們都是吃著苦過來的，就連自己的孩子也早早地幫家裡做事，只有喬月，一直被劉氏嬌養著，家中什麼事也不做，還偷拿東西給喬家。

若不是劉氏，只怕這個家早就鬧翻了。

趙氏剪了一塊藏青色的布頭在蘇二郎的褂子上比劃了一下，聽大嫂這明顯不滿意的語氣，她也是嘆氣。「娘一直都偏心，在她心裡只怕三郎都不如那丫頭重要。」

徐氏哼了一聲，似是想起了什麼，抬眼瞥了正屋一眼，壓低聲音道：「這話也就咱們說說，萬不可傳到二郎他們耳中。」

「我知道，」趙氏聲音放得很低。「這麼多年我也習慣了，再說了，娘也是可憐人。」

「是啊。」

兩人沈默地做起了手中的活計，思緒飛到了十幾年前的一個冬天。

那一年是蘇家最難熬的一年，熬了半年的蘇老爺子終究還是去了，留下了髮妻和孩子們。

劉氏哭得肝腸寸斷，但在一個多月前她又懷上了身孕，老來得子的喜和失去丈夫的悲，一場大喜大悲差點擊垮了她。

一家人的生活陷入低谷，大房徐氏懷了身孕也快要生產了，蘇三郎和二房的姪子虎子還不到三歲，家庭的重擔一下子壓到了兩個剛成家的男人身上。

靠著左右鄰居的接濟和親戚的幫忙，總算熬了過去。第二年的秋天，劉氏生下了遺腹子——一個可愛的女兒。

這個孩子的到來緩解了劉氏的悲痛，可惜天不遂人願，三個月後那孩子便因病去世，劉氏接連失去丈夫和孩子，受不了打擊，一病不起。

次年秋天，劉氏去墓前給丈夫過生辰，卻聽人說鄰村喬家要丟掉一個不祥的女嬰，劉氏當即跑了過去，這才知道女嬰因出生在七月半，右邊臉頰上有一塊胎記，喬家人覺得不祥，便要將才兩個月的女兒丟入河中。

劉氏痛失愛女，無論如何也做不到眼睜睜看著孩子去死，眼見木盆在河面上越漂越遠，她不顧危險跳入河中，將才兩個月的喬七月救了起來。

從此以後，喬七月便改名喬月，成為了蘇家的孩子。

劉氏也將所有的愛和思念傾注在這個女嬰身上，將她嬌寵著養大。

正因為如此，即便喬月做了很多讓家人生氣的事，他們都沒有過分苛責她。

「唔……好痛。」

房間內，喬月捂著腦袋，痛吟著睜開了眼睛。

「月兒，妳醒了！」劉氏見喬月醒來，驚喜地喊道。

「娘，我、我這是怎麼了？」喬月皺著眉，坐起身靠在床頭。

劉氏愛憐地摸摸女兒的臉。「月兒，妳昏迷了一天一夜，嚇死娘了。」

外面聽見聲音的徐氏和趙氏也跑進屋。「小妹，妳終於醒了！」

蕓娘和妹妹二丫也進了屋，站在床前叫小姑姑。

大家見喬月沒事都很開心。

只有坐在床上的喬月，抱著劉氏的胳膊，面色驚慌地道：「娘，她、她們是誰？」

這話一出，屋內幾個女人全都愣住了。

劉氏訝異地看著女兒。「月兒，妳說什麼？這是妳大嫂、二嫂和兩個姪女啊！」

喬月小聲道：「我、我不認識。」她表情膽怯，眼神也不敢和她們對視。

徐氏倒抽一口氣。「這、這是怎麼回事？」

趙氏叫道：「莫不是把腦袋撞壞了？」

劉氏臉色一變，抱著喬月左看右看，擔憂道：「月兒，妳現在感覺怎麼樣？有沒有哪裡不舒服？」

喬月搖搖頭。「娘，我沒事，就是額頭這裡還有點疼。」

幾人面面相覷，劉氏讓雲娘趕緊去叫兩個兒子回來。

半個時辰後，大夫坐在凳子上給喬月把脈。

蘇家人全部站在屋裡，逼仄的房間頓時擠滿了人。

喬月抬眸看了一圈，隨即垂下眼睛盯著被子。

「大夫，我女兒怎麼樣了？」劉氏焦急地問。

老大夫捻了捻鬍鬚。「她的身體沒有大礙，額頭的傷過兩天就會好了。」

「那她怎麼不記得我們了呢？」蘇大郎急急地問。

「這……」老大夫沈吟一會兒，才道：「許是額頭遭受撞擊傷到腦袋，這才失去了部分記憶。」

劉氏趕緊問：「那還能恢復嗎？」

「老夫也不能肯定，老夫從未治療過失憶，只能靠她自己恢復了。」

不用說，肯定是恢復不了。喬月在心裡默默說了一句。

是的，她並沒有失憶，只是按目前的狀況來看，她選擇失憶對自己才最有利。

她不是原主，在這裡她是孤身一人，無依無靠，對這裡也不了解，身無分文，哪裡也去不了。

再說了，就算她看過這本書，了解大部分的劇情，但是對原身的脾氣秉性也不了解，短時間扮演可能不會被發現，但時間長了，肯定會露出馬腳。

既然她要在蘇家生活，就需要一個改變的合理藉口。這次的受傷就是很好的機會，以後就算有什麼奇怪的地方，還可以把失憶一事拿出來當擋箭牌。

送走大夫後，劉氏嘆著氣，拉著女兒的手。「只要妳沒事，娘就開心了。」

第三章

幾日後的清晨，喬月早早便起床了，拿著掃帚在院子裡掃地。

「月兒，怎麼這麼早就起來了，妳頭上的傷還沒好，大夫說了要多休息。」劉氏從廚房出來，一把奪過喬月手中的掃帚，關心地道。

「娘，我沒事了。」喬月微笑著從劉氏手中拿過掃帚。「我已經休息好多天了，頭上的傷好多了。」

她拉著劉氏的手，有些不好意思。「家裡現在這麼忙，只有我什麼事也不做，這怎麼行呢。」

劉氏愛憐地摸摸她的頭。「要是累了就回屋休息。」

「嗯，娘，我知道的。」

掃完院子，見趙氏挑著衣裳要出門，喬月趕緊跑過去拎起裝著青菜的竹籃。「二嫂，咱們一起去洗衣裳吧。」

趙氏愣愣地看著喬月的笑臉。「啊？哦，好啊。」

「那咱們走吧。」喬月繫上掩飾胎記的頭巾，開心地出了門。

趙氏跟著走了出去，卻見她站在門口不動，疑惑道：「小妹，怎麼了？」

喬月不好意思地笑了笑。「……我不識得路。」

趙氏噗哧一聲笑了，走在前面。「二嫂帶妳。」

「二嫂，我以前是什麼樣子的人？」

「我親生父母為什麼要把我丟掉？」

「二嫂，那個光屁股的小孩是誰家的呀？」

一路上，喬月嘰嘰喳喳地問個不停，聲音歡快，面上帶笑，和以往任性難溝通的模樣相差甚遠。

「呃，二嫂為何這般看著我？我臉上是不是髒了？」喬月伸手摸著臉。

「沒有沒有，只是看妳變了不少，有些新奇。」

趙氏帶著喬月往河邊走，時間尚早，河邊的人還不多，她們挑了一個大一點的石頭準備洗衣服。

喬月坐在石頭上擇菜，聽她這樣說，不好意思地笑了笑。「我也不知道自己以前是什麼樣子。」

「妳以前啊……」趙氏想了想，說道：「妳以前話很少，喜歡一個人待著。」

雖是一家人，整日相處在一起，可趙氏對這個小姑的印象並不好，平常也不怎麼注意她。

在蘇家，劉氏最喜歡的就是這個女兒了，有什麼好的都有她一份，同樣是女孩子，大房的兩個女娃跟她相比，簡直一個天一個地，只有虎子稍微比她好一點。

小輩是這樣，更不用說家裡的幾個男人了。對這個妹妹，蘇家三個男人也是多有疼愛，雖然有時候也會心生怨氣，但總歸看在母親的分上，不會計較。

有時候連她也會嫉妒，大嫂徐氏明裡暗裡跟她抱怨過不少次，沒辦法，只能儘量忽視她。

好在喬月因為臉上的胎記鮮少出門，整日待在房間內也不知道在做什麼，只有喬家人來找她才會出去。

因此，在喬月問起她以前是什麼樣的時候，趙氏也不知道要怎麼說，萬一說得她不高興了，去娘那裡打小報告，回頭蘇二郎又要說她了。

有了喬月的幫忙，兩大桶衣裳很快就洗完了，兩人一邊聊天一邊往回走，一路上大多是喬月發問，趙氏回答。

蘇大郎三人還未進院子，就聽見裡面傳出歡樂的笑聲。

「大哥、二哥、虎子，你們回來了。」迎接他們的是喬月歡快的聲音，只見她小跑著過來幫忙卸下蘇大郎肩頭的犁。

「小妹……妳……」從未見過妹妹這樣，蘇大郎一時有些反應不過來，蘇二郎和虎子也一臉莫名地看著喬月。

「大哥、二哥，你們渴了吧，我泡了茶，這會兒正好可以喝了，我去拿。」說完，又一陣風似的跑進屋了。

「這是怎麼回事？」兩人愣愣地看著，蘇二郎問向在一旁拌雞食的妻子。

趙氏笑道：「我也不知道，小妹好像變了，今天早上還幫我洗衣服和擇菜呢。」

喬月拎著水壺，拿了兩個陶碗走到石桌邊。「大哥、二哥，快喝點茶。」

「哎、哎。」蘇大郎接過她遞來的茶碗，眼中的驚訝還未褪去，尤其是見她竟然沒戴頭巾，彷彿毫不在意自己臉上的胎記。

不怪他這般吃驚，這個妹妹雖是他們看著長大的，但跟他們卻不親近。在喬月小時候，他們早出晚歸下地幹活，等她懂事了，喬家人又冒了出來，漸漸地，喬月跟他們的話是越來越少了。

「小姑，妳沒戴頭巾！」虎子性格直爽，瞪著眼睛，語氣很是驚訝。

「虎子！」趙氏見兒子如此沒心沒肺，抬頭瞪了他一眼。

喬月臉上有一塊紅色的胎記，以前被村裡的孩子們嘲笑過，後來她便整日戴著頭巾，誰要是提到，她便會生氣哭鬧。

喬月倒是毫不在意，她摸了摸自己的臉，笑道：「天氣熱，戴著悶得慌，反正是在家裡，哥哥嫂嫂們不會嫌棄我的，對不對？」

蘇二郎忙道：「當然不會，咱們是一家人。」

這時，劉氏走出來喊他們吃早飯。

早飯照舊是紅薯粥和粗麵饅頭，一大桌人等劉氏分好每人的分量才開始吃。

喬月看著自己碗裡的兩個饅頭，再看看嫂子和姪女的碗裡都只有一個饅頭，她拿起一個饅頭掰成兩半，放在兩個哥哥的碗中。「大哥、二哥，你們做事辛苦，多吃點。」

她這舉動讓飯桌上的人都驚呆了，愣了一會兒，劉氏慈愛地笑了。「月兒懂事了。」

喬月笑了笑，低頭嚼著饅頭。

這幾天觀察下來，她明顯感受到劉氏對她的偏愛，每天的伙食都比嫂子和姪女們多一點，偏偏她們做的事都比自己多。

二房的二丫今年才十一歲，都開始餵雞餵鴨和掃地，反倒是自己，劉氏心疼她頭上受傷，又失了憶，什麼活也不叫她做。

每天分飯的時候，她都能感受到來自嫂子們的不喜，這讓她有些頭皮發麻的感覺，真不知道以前的喬月是怎麼心安理得的生活？

「大郎，三郎說明日要去書院，明天早上你送送他。」

蘇彥之在二十里路外的新葉縣讀書，來回要走一個多時辰，他風寒未痊癒，劉氏有些不放心。

「嗯。」蘇大郎點點頭。

這時喬月突然道：「娘，我可以和大哥一起去送三哥嗎？我想出去看看。」

劉氏對她一向有求必應，點點頭道：「也好，跟著妳大哥，娘也放心，但是妳可不許亂跑。」

「謝謝娘，我不會給大哥添麻煩的。」

晚上，徐氏坐在床邊整理衣服，對躺在床上的蘇大郎道：「大郎，明日你去縣裡帶一些布頭回來吧，好幾件衣裳破了沒布修補。」

蘇大郎頓了一下，聲音沈著道：「再等等吧，再過一個月，地裡的麥子就能收了，到時候再買吧。」

蘇家的主要收入來源就是種地，一年的收成勉強能餬口，加上還要供蘇彥之讀書，他一年的束脩就要八兩銀子，是家裡最大的開支。

這段時間蘇彥之又生病，家裡的錢都花完了。

徐氏嘆了口氣，還是忍不住抱怨道：「蕓娘如今也十六歲了，再過兩年就要說人家了，咱們到現在一文錢都沒攢下，到時候連一份嫁妝都拿不出來。」

蘇大郎沒有吭聲，徐氏又道：「家裡的錢都被那丫頭拿去貼補喬家了，既然他們家這麼好，她怎麼不回去？」

「好了，別說了，我會想辦法的。」

次日，天際剛泛起魚肚白，劉氏拿著烙好的麵餅放進蘇彥之的包袱裡。「三郎，注意身體，晚上早些回來。」

蘇彥之揹起包袱道：「娘，我知道了，您放心吧。」

「娘，我們走了。」喬月說了一聲，跟著大哥往門外走去。

「早些回來，不要在路上貪玩。」

「知道了。」喬月遙遙應了一聲。

一路上三個人都很安靜，喬月第一次出門，對每樣東西都很有新鮮感。

古代的空氣很清新，路邊的小草還在滴水，草叢裡的蛐蛐叫了一夜，這會兒陷入了沈睡，反而早起的鳥兒站在樹梢，嘰嘰喳喳地叫個不停，彷彿在聊今天要去哪裡玩。

走了約莫半個時辰，天已經大亮了，陸陸續續見到有人扛著鋤頭、耙犁等物往田間地頭走去，三三兩兩的婦人或挑或拎著衣桶往水邊去，拉開了新一日的帷幕。

「大哥，前面就是新葉縣了嗎？」喬月興奮地問。

「是啊，馬上就到了。」蘇大郎道。

「三哥，你下午什麼時間下學啊？回家會不會很晚？」

突然被問，蘇三郎沈默了一下，搖搖頭道：「不會，申正下學。」

喬月「哦」了一聲，有心想要和他多說幾句，卻見他加快腳步，一副不想和自己多說話的模樣，只得作罷。

經過集市的時候，喬月突然停下腳步。「大哥，我想在這裡看看，這裡好熱鬧啊。」

蘇大郎有些為難。「小妹，還是跟著大哥吧，萬一走散了怎麼辦？」

喬月道：「不會的，大哥，我就看一看，我會在那棵柳樹下等你。」

「這……」蘇大郎還有些遲疑，喬月丟下一句「我走了」，就鑽進人群中了。

「這丫頭……」蘇大郎沒辦法，只好隨她去了。

喬月先去了芳容閣，出來後又去了趟書齋，買了半刀小竹紙和一刀草紙，又去買了一包布頭，花了一百多文錢。

走了半個多時辰，肚子也餓了，早上出門時只吃了一個麵餅，還是粗麵的，這會兒已經消化完了。

包子鋪冒著熱氣，擺在門口的蒸籠散發出香甜的味道，喬月吞了吞口水，抬腳走了過去。

「老闆，包子怎麼賣？」

「肉的四文錢一個，素的兩文錢一個。」

喬月很想吃肉包，來了這麼多天，每天吃的都是粗茶淡飯，連雞蛋也只吃過一、兩顆。她捏了捏布包，最後還是打消了念頭。現在手頭這麼緊，她不能亂花，肉包以後再吃也不遲。

想是這樣想，但旁邊煎餅攤飄來的香味，勾得她肚子咕咕叫了起來。

喬月沒能抵擋住誘惑，雙腳不聽使喚地走到了煎餅攤前。

「姑娘，要不要來點煎餅？肉的五文，菜的三文。」老闆熱情的招呼著。

「……老闆，來三個肉的！」喬月忍不了了，大聲道。

「好！」老闆麻利地包了三塊煎餅遞給喬月。

煎餅兩面煎得金黃酥脆，外殼油滋滋的，喬月迫不及待地咬了一大口，鮮美的肉香頓時在口中瀰漫。喬月感覺自己幸福得快要哭了，她從未想過自己有一天會如此渴望吃一口肉，而被自己嫌棄吃了發胖的肉味竟如此美味！

一口氣吃掉了三個煎餅，喬月感覺滿足極了！

蘇大郎回來的時候，就見喬月手中提著東西，他驚訝地問：「小妹，妳哪來的錢？」

「大哥，吃包子。」喬月把包好的十個包子塞到他手中。

蘇大郎拿著包子沒吃，眼神落在喬月身上。

他上上下下地打量著喬月，眼神變得很奇怪，臉色也不好看起來，想起方才喬月非要一個人去集市，難道……

喬月見到他的表情，連忙解釋。「大哥，你別亂想，這錢是乾淨的！」

「妳哪來的錢？」蘇大郎嚴肅地問。

「我……」

喬月伸手撩開頭巾，露出齊頸的頭髮。

「妳……」蘇大郎瞪大眼睛。「妳竟然把頭髮賣了！」

蘇大郎一聲怒吼，嚇了喬月一跳，她眼中頓時浮起淚花。「我、我……」

「唉！妳讓大哥說妳什麼好？待會兒回去看妳怎麼跟娘交代！」

第四章

正在院子裡擇菜準備午飯的徐氏，見蘇大郎拎著東西和喬月一前一後地進門，笑著打了聲招呼，見蘇大郎只淡淡應了一聲，就連喬月也不似之前活潑，有些奇怪道：「大郎，這是怎麼了？」

蘇大郎沈著臉招呼喬月進了屋，讓自家婆娘去叫劉氏。

「這是怎麼了？」劉氏一臉莫名的從廚房出來，見兩人都不說話，便看向蘇大郎。「大郎，怎麼了？說話呀。」

喬月小心翼翼地站在一旁，見劉氏出來，她上前遞給劉氏一個小包。「娘，這個給您。」

劉氏奇怪地打開袋子看了一眼，驚道：「哪來這麼多銅板？」

徐氏和剛進門的趙氏也很驚訝地看著喬月，喬月卻支支吾吾的。

她今天去縣裡把自己的頭髮賣掉了，及腰的長髮烏黑柔順，如同一疋上好的錦緞，賣了五百二十文的高價。

蘇家這麼窮，一時之間她也沒有辦法變出錢來，只想到了這個辦法。

她伸手把頭巾摘下來，披散的短髮震驚了屋中眾人。

「月兒！妳怎麼能把頭髮賣掉了！」劉氏瞪大眼睛走到喬月身旁，伸手撫摸她的頭髮。

「小妹，妳也太大膽了！」兩個嫂子也被驚到了。

喬月握著劉氏的手，臉上露出委屈的神色。「娘，沒事的，頭髮還會長出來。」

「都是娘不好，讓月兒受委屈了。」

劉氏心情複雜，她沒想到喬月會賣掉頭髮貼補家用，眼中浮起霧氣，憐惜又責怪道：「月兒，身體髮膚受之父母，妳怎麼如此啊！妳以後還如何面對妳的親生父母啊！」

喬月微微笑了，說道：「娘，我只有您一個娘，他們將我拋棄了便與我沒有任何關係了，況且我失憶了，只記得您是我娘。」

「妳……」劉氏感動得眼眶都紅了，一把抱住喬月，哽咽著說不出話。

屋中幾人聽喬月說出這番話，都知道頭髮對女子來說無比重要，即使以前窮到沒飯吃的時候，她們也沒動過這個念頭，沒想到喬月這個十二歲的孩子竟然有這個勇氣。

賣頭髮補貼家用的事讓蘇家人對喬月有了徹底的改觀，劉氏還是一如既往的疼愛，而兩個嫂子對她的態度卻悄悄改變了。

清晨，喬月帶著麻繩和鐮刀上了山。

她在山上找了一圈，找到了一片無主的野生苧麻。

這個時節的苧麻已經長成了，山下有人家專門種植苧麻，只是因為苧麻的價值不高，種的人家很少。苧麻的繁衍速度很快，野生的也是一樣，不過生長得細瘦了些。

喬月彎著腰，試著按照腦海中的記憶來剝麻，一開始動作還很生疏，慢慢地熟練了，便快了許多。

約莫一個時辰，她便將眼前的野麻收得差不多了。喬月擦了擦汗，用繩子將麻捆好揹下山。

回到家，她跟劉氏要來一副刮麻器，便坐在院子的大樹下，耐心地剝去苧麻表層的麻殼。

「小妹，妳弄這個做什麼？」趙氏走過來好奇地問。

「想編個東西。」喬月微笑著回答，冷不防手指傳來疼痛，她皺眉「嘶」了一聲，見左手勒麻的手指被割出了一個小口子，正往外滲血。

「哎呀，怎麼這麼不小心！」趙氏連忙拉起圍裙捏住她的手指。「快用水洗一洗，包紮一下。」

喬月跟著趙氏走到水缸邊用冷水清洗傷口，趙氏進屋拿了一塊布幫她包紮。「這活兒妳還是別幹了，讓嫂子來做，妳沒做過這個，仔細再傷了手。」

喬月有些不好意思。「那就謝謝二嫂了。」

她確實不會這道工序，以前織漁網都是用現成的苧麻，若不是原身腦海中還有些記憶，她怕是連苧麻都剝不下來。

不愧是做慣農活的人，趙氏動作非常熟練，一夾一拉，白色的麻料便被刮了出來。

不過一刻鐘，全部的苧麻就刮好了，喬月拿著麻刀將麻根的部分刮出來，再把它們掛在晾衣繩上晾曬，準備工作便做好了。

苧麻織漁網的手藝是喬月以前跟爺爺住在山裡的時候學會的，過膩了城市裡的生活，便回家和爺爺一起隱居了幾年，自給自足的生活充實又有樂趣，喬月從爺爺那裡學到了很多東西。

第二天，喬月收了晾乾的苧麻，待在房間裡開始編織漁網。

因受傷在家中待著，這幾天她將附近的山林走了一遍，發現山中一處小溪，有一塊深水區裡面有很多魚，她便動了打魚的心思。

忙碌了大半天，一張漁網便織好了。

揉了揉痠疼的肩膀，喬月抬頭看，太陽已經西斜，橙黃的夕陽從窗戶灑進來照在漁網上。

天色已經不早了，喬月出了房間，見虎子蹲在地上拾掇鞋子上的泥巴，她喊了一聲走了過去。

「小姑，有事嗎？」虎子抬頭道。

喬月蹲下身問：「虎子，你去過山坳那裡的小水潭嗎？」

虎子搖搖頭。「沒有，奶不讓去，說裡面有水鬼。」

喬月道：「你想吃魚嗎？燒魚湯，放點辣椒，魚湯又辣又鮮，可美味了。」

虎子舔了舔唇，看著喬月道：「想吃，可是家裡沒錢買，小姑妳有錢？」

「沒有。」喬月搖頭，隨即說道：「我有辦法能弄到魚，但是你得幫忙。」

「幫什麼忙？」虎子興致勃勃地問。

喬月跑進屋把漁網拿出來，笑道：「那個水潭裡有很多魚，用這個就能捉到。」

虎子沒見過漁網，拿在手裡看，面上有些猶豫。「可是奶說……」

「你不想喝鮮魚湯嗎？再說了，只是讓你幫忙把漁網掛一下，順著山邊就行，咱們帶一根繩子綁在身上，不會有問題的。」

糾結了一下，還是被魚湯打敗了，虎子點了點頭。

來到山坳小潭處，喬月觀察了一下，選定一個合適的位置將漁網的一段拴到樹上。

「虎子，你把這一端綁到那邊的樹上。」喬月指著水潭另一邊說道。

「好！」

虎子站在岸邊，拿著長竹竿用力把漁網拉開，漁網底部墜著東西，很快便沈了下去。

喬月轉過身，虎子便脫了衣裳下了水。

鄉下的男娃兒自幼在山林水中撲騰慣了，水性好得很，他腰間繫著麻繩，握著漂浮在水面上的竹子，順著山邊的小樹慢慢往水潭中間游去。

「小姑，好了！」虎子喊了一聲，背對著他蹲在地上的喬月站了起來，見他已經穿好了衣裳，笑道：「虎子真厲害！」

虎子不好意思的笑了笑，問道：「小姑，什麼時候才能捉到魚啊？」

兩人往回走，喬月道：「明天早上咱們來看應該就有了。」

暮色將近，蘇彥之還沒有回來，劉氏站在門口焦急地張望著。

「娘，我去村口看看三哥。」喬月說了一聲，飛快地跑走了。

劉氏還沒反應過來，只見喬月已經跑遠了。

村口，喬月坐在大樹下，叼著一根狗尾草盯著遠處，村中的狗叫聲傳出去很遠，日出而作，日落而息，這時候村民們都回家了，家家戶戶的屋頂上都冒出了炊煙，只有小孩子們還貪玩，三五成群的在村中跑來跑去。

等了約莫一刻鐘，一道清瘦的人影往這裡走了過來。

「三哥！」喬月高聲喊了一句。

遠處的蘇彥之聽見聲音，腳步頓了一下，復快步走了過來。

「你終於回來了，娘都等急了。」喬月與他並肩往回走。

蘇彥之奇怪地看著喬月，沒想到她竟然會來接他，這可真是大姑娘上花轎，頭一回。

咳嗽一聲，蘇彥之道：「今日有點事，回來便晚了些。」

喬月「哦」了一聲，沒有多問。

她對蘇彥之的感覺有些複雜，他是書中的男主，將來會平步青雲，高官厚祿，但是他與原身的關係很一般，甚至還有點不好。

蘇彥之比原身大三歲，算是從小一起長大的，但是他們從小關係就不大好。小時候，因為劉氏的偏愛，蘇彥之與原身沒少吵架、打架，小蘇彥之覺得這個撿回來的妹妹搶走了娘的疼愛，也搶走了兩個哥哥的關愛，因此對她一直沒有什麼好臉色。

長大後知道了劉氏的苦楚，雖能理解，但常年積累的心結卻不是一天兩天能解開的，對原身的態度雖然沒有小時候的偏激，卻淡得很，恐怕是家中與她說話最少的人。

兩人一路無話回到家。

晚上，劉氏把半刀小竹紙送到蘇彥之的屋子裡。

「三郎，這是月兒特地給你買的。」劉氏將喬月賣頭髮補貼家用的事情說了。

蘇彥之驚愕地看著桌上的紙，劉氏又道：「月兒她現在已經改變了很多，娘希望你以後能對她好一點。」

蘇彥之抿著嘴，沈默地從懷中掏出十文錢遞給劉氏。這是他今天下學擺攤寫書信賺到的錢。

劉氏接過錢，又數了三文錢放在蘇彥之手中。「拿著防身。」

蘇彥之也沒有推拒，接過來放進荷包中。

第二天一早，喬月就偷偷拉著虎子進了山。

過了一夜，不知道收穫如何？

這個小水潭的水很深，裡面還有一個黑漆漆的山洞，顯得陰森神秘，這個地方大人們是絕對不讓小孩子來玩耍的，村裡人也不精通捕魚之術，只有閒散的孩子和老人會在河邊釣釣魚。

喬月解開一邊的繩子緊緊拉住，讓虎子從山上下去將另一邊的繩子解開，兩人拖著長長的繩子吃力地往回走。

「小姑，好重啊！」

虎子使足力氣往回拽，滿身力氣的少年都是如此，更何況是喬月？她感覺手中的網有千斤重，不知道是魚多還是因為苧麻吸足了水變得沈重，她咬著牙使出渾身力氣拖著繩子。

當漁網從深水處慢慢被拖到淺水區的時候，漁網突然抖動起來，水面上也濺起了很大的水花。

「小、小姑……好多魚啊！」

漁網完全露了出來，虎子驚訝地瞪大眼睛，激動得大叫起來。

第五章

寬大的漁網上掛了很多魚，一眼掃過去約莫四、五斤的大魚就有六、七條，其中有一條最大，估計有十來斤，此時正劇烈的掙扎著，想要擺脫縛身的漁網。

喬月笑了出來，和虎子把漁網拖到岸上，她坐在地上道：「虎子，快回家叫人，帶一擔籮筐過來！」

「哎，小姑，我這就去！」虎子高興地應了一聲，飛快地跑走了。

山下。

「你說什麼胡話呢？」正在收拾碗筷的劉氏聽見虎子說的話，愣了一下，繼而拎起他的耳朵，教訓道：「你爹找你去幹活找不到人，原來是跑到山上玩水去了，等你爹回來看他怎麼收拾你！」

「哎喲，奶，輕點輕點！」虎子踮著腳伸手捂耳朵，急急地說：「奶，我說的是真的，小姑撈到了好多魚！」他張開胳膊比劃了一下。「有一條胖頭魚這麼——長！」

劉氏狐疑地看著他。「你說的是真的？」月兒什麼時候會織漁網了，她怎麼不知道？

「真的真的，奶，咱們快去吧！」

虎子急匆匆地從雜物房拿出兩只籮筐，徐氏提著菜從門口進來，只見虎子一陣風似的從她身邊跑走了。

「娘，虎子怎麼了？」她疑惑地問。

劉氏皺著眉道：「他剛才說他和月兒在山坳小潭中捉到了很多魚，讓我們幫忙去拿。」

「啊？」徐氏也有些反應不過來。

劉氏放下手中活計道：「看著不像是說謊，妳把菜籃帶上，咱們去看看。」

說完，叮囑蕓娘讓她守著家裡，便和徐氏離開了。

「娘、大嫂，這裡！」喬月見兩人過來，趕緊抬手喊道。

劉氏和徐氏趕緊走了過去。

「天哪！」順著小路下去，陽光下的沙地上，橫七豎八的魚反射出刺眼的光，兩人吃驚地張大嘴巴。

「快來幫忙啊！」虎子喊了一聲，劉氏和徐氏趕忙走了過去。

回到家，一群人盯著桶裡和盆裡的魚，一陣沈默。

虎子拿著小木棍撥弄著魚，笑道：「奶，中午煮魚湯喝吧？」

說罷，連同喬月在內的幾雙眼睛都直直盯著劉氏。

這麼多魚，能解解饞了！

「咳咳！」劉氏清了清嗓子，站起身嚴肅道：「虎子，去叫你爹他們回來，咱們商量一下這魚該怎麼辦。」

「哎！」虎子應了聲，飛快地往地裡跑去。

「娘，這些魚不能全吃了，不如拿到縣裡去賣？」蘇大郎回來後，坐在椅子上提議。

「是啊，娘，大郎說得對，家裡也不寬裕，賣了錢也好有個應急的。」徐氏附和道。

蘇二郎和趙氏都沈默地點頭。

劉氏看向喬月，笑著說道：「這魚是月兒想辦法弄來的，她最有發言權。」

一家人都看向喬月。

喬月微笑，拉著劉氏的手。「我覺得大哥說得對，娘，咱們可以吃幾條解解饞，剩下的拿去縣裡賣。」

「嗯，那就這麼辦。」劉氏點點頭，招呼兩個兒媳。「春菊、小芳，晚上等三郎回來殺幾條魚煮湯，剩下的明天讓大郎和二郎挑去縣裡賣了。」

「知道了，娘。」幾人同時應道。

喬月道：「娘，今天捕了這麼多魚，明天是不是還要去撒網？」

眾人眼睛亮亮地看著劉氏。

是啊，今天抓了這麼多魚，要是每天都能抓到魚，那家裡的收入一下子就多了不少。

沒想到劉氏卻一臉嚴肅，認真地說：「不是娘不讓你們去，而是那個水潭很危險。」

她看著幾人，語氣有些悲涼。「你們太爺爺的弟弟幼時就是掉進那個水潭淹死的。」

眾人吃了一驚，面面相覷覺得不可置信，這件事他們從未聽說過。

劉氏嘆了口氣。「這件事已經過去這麼多年了，娘也不想再提起，從小就告訴你們不能去那個水潭，就是這個原因。」

她沒想到喬月和虎子竟然偷偷跑去抓魚，雖然收穫很好，但她還是很擔憂。

家中水性好的只有虎子一人，雖然抓魚能賺錢，但是太危險了。

聽了這話，眾人的心思都淡了。雖然抓魚賣錢很誘人，但是命只有一條。

見女兒被嚇到的模樣，劉氏拍拍她的手。「月兒，以後不要再去了。」

喬月乖乖點頭。「娘，我知道了。」

晚上有魚湯喝，全家人都很開心，男人們下午在地裡幹活渾身是勁，恨不得用盡全身力氣，消化完肚子裡所有食物，晚上回家吃個痛快。

看著兩個嫂子動作麻利的處理魚，喬月蹲在旁邊說道：「大嫂，這魚怎麼煮啊？」

徐氏拿著剪刀刮魚鱗，回道：「切段煮湯啊，還能怎麼做？」

喬月道：「我想做紅燒魚，一會兒能不能給我兩條燒燒看？」

趙氏在一旁笑道：「小妹還會燒魚？」

「嘿嘿，試試看嘛！」

紅燒魚的做法有很多種，酸辣的、原味的，雖然這裡調味料不充足，但做一道美味的魚還是足夠的。

廚房裡，趙氏在下面燒火，徐氏將魚剁成塊，往鍋裡擦了點油，她一點也不敢多用，常年做飯，勤儉節約已經刻在了骨子裡，也擔心被劉氏看到會討一頓數落。

鍋裡放幾片薑去除腥味，放入魚塊，不一會兒魚皮被煎得金黃酥脆，香味也飄了出來。

徐氏舀了半鍋水，撒了鹽，又放了一些大蒜提鮮，便讓趙氏用大火燒開。

這邊已經好了一半，徐氏看向旁邊的喬月，兩條魚也已經煎好了，整齊地擺在盤子裡。

「小妹，這魚煎得這麼完整，妳什麼時候這麼會做菜了？」不怪徐氏驚訝，這麼多年喬月沒有下過一次廚，頂多是幫著添把火、洗個菜什麼的。

喬月不知怎麼解釋，只笑著糊弄過去。

喬月將摘來的番茄切碎，倒進鍋裡翻炒，純天然無農藥的番茄又大又紅，出沙也很快。炒到軟爛的時候，喬月倒了些水進去，鹽、醬油、辣椒、蒜瓣，依次放入，待水燒開。

另一口鍋的魚湯已經燒開了，熱氣氤氳，一股鮮香的味道引得人直吞口水。

「好香！」二丫趴在窗戶上往裡看，小鼻子一吸一吸地，口水吞個不停。

蕓娘年紀大些，正值女孩子羞澀的時候，她擔心被娘責罵，拉著妹妹道：「二丫，我們先回房間，等爹爹他們回來一起吃，要不然會惹娘不高興了。」

蕓娘知道因為她們是女孩，並不很得奶奶的喜歡，因而在家中，她總是少說話多做事。她很羨慕喬月，明明她也是女孩，可家裡的人都喜歡她，尤其是奶奶，對她的好，全家人都看在眼裡，就連小叔也是因為被奶奶忽視，與她的關係才這麼冷淡。

「嘶！好香啊！」虎子扛著鋤頭興奮的跑了回來，今天一下午幹活甭提多有勁了，心心念念的都是鮮美的魚湯。

他跑進廚房看著鍋裡奶白的魚湯，不住地吞口水。

「臭小子，還不快去洗手。」趙氏敲了一下兒子的腦袋，笑罵一句。

「嘿嘿，知道了，娘。」

劉氏站在門口看著西沈的太陽，說道：「虎子，去村口接一下你小叔。」

「知道了，奶。」虎子把洗臉巾擰乾，搭在架子上。

喬月站在門口道：「虎子，我和你一起去。」

兩人還未走到村口，遠遠便瞧見揹著包袱趕回來的蘇彥之。

「小叔！」虎子揮手喊了一聲，蘇彥之抬手回應。

「三哥。」蘇彥之走近了，喬月喊了一聲。

「嗯。」蘇彥之淡淡應了一聲，三人往回走，虎子生性跳脫，倒退著往回走，看著蘇彥之，開心道：「小叔，今天晚上有魚吃。」

蘇彥之話很少，「嗯」了一聲，只聽虎子又道：「是小姑編了漁網，我們一起撈回來的，撈到了很多呢，有一條這麼——大！」他誇張地比劃著。

聽見他說魚是喬月弄回來的，蘇彥之驚詫不已，偏頭打量了她一下，橘黃的夕陽照在她身上，深綠色的百迭裙和白底藍花的交領上衣，和往常一樣簡潔的穿著，頭上粉色的紗巾遮擋了大半張臉，安靜地走在自己身側。

蘇彥之瞧著她耳後的短髮，眉頭微微皺起。

他和這個妹妹關係淺淡，沒想到她竟會賣掉頭髮給自己買紙。

似是感覺到被注視，喬月抬頭撞上蘇彥之還未來得及收起的目光，她微微笑了下，說道：「今天撈的魚挺多的，娘說明天讓大哥和二哥把剩下的挑去賣。」

「嗯。」蘇彥之點點頭，沈默了一下道：「謝謝妳幫我買紙。」

喬月驚訝地挑眉，沒想到蘇彥之會感謝自己，他對原身可從來沒有什麼好臉色。

喬月展顏一笑，開心道：「三哥客氣了，我們是一家人，還說什麼謝不謝的話。」

一家人……

蘇彥之沒想到會從她口中聽到一家人這個詞。

回到家，幾條大魚煮了滿滿一鍋，劉氏給眾人盛了魚塊，剩下的魚湯誰要喝誰再盛。

「月兒，來，娘給妳盛好了。」劉氏把碗遞給喬月。

「謝謝娘。」喬月端著碗，裡面裝著四、五塊最鮮嫩的魚肚肉，她坐在蘇彥之旁邊，開心地吃了起來。

「三哥，這個魚是我做的，你嚐嚐看好不好吃。」

蘇彥之腸胃比較差，只喝了一碗魚湯，盛了一碗飯就著鹹菜咀嚼著，就見喬月挾了一塊魚肉放進他碗中。

「嗯。」蘇彥之頓了一下，抬頭看了眼笑咪咪的喬月，默默地把魚肉吃了。

酸酸辣辣的味道，搭配魚肉的鮮滑，是他從未吃過的。

坐在上首的劉氏見他們難得關係這樣平和，臉上露出欣慰的笑容。

喬月見蘇彥之對自己的厭惡之情好像減少了一點，內心也輕鬆不少。

如今她生活在這個家，自然要和家裡人和平相處，就算蘇彥之討厭她，為了不讓劉氏難過，她也要盡力緩和他們之間的關係。

第六章

次日一早，蘇大郎去隔壁牛叔家借了一輛驢車，便和蘇二郎一起去縣裡，順帶捎上蘇彥之。

喬月央著劉氏，也跟著一起來了。

到了縣裡，天還未大亮，集市上的人還很少，多是些小攤販。

蘇大郎尋了一處路邊，旁邊是一個賣蔬菜的攤子。

將帶來的東西卸下來，蘇二郎趕著驢車將蘇彥之送去書院。

蘇大郎將木桶裡的魚倒進兩個大木盆中，魚兒很鮮活，不停地擺動著魚尾，而那條最大的魚則是單獨裝在一個大桶裡。

坐了一會兒，太陽從東邊冒出了頭，金色的陽光穿過雲層照亮大地，絡繹不絕的人從街口處往裡走，早點鋪的香味也飄散開來。

眼見人多了起來，對面賣肉的、旁邊賣蔬菜的都開了張，唯獨他們攤位前的魚乏人問津，喬月不禁著急起來。

「大哥、二哥，你們招呼人來買魚啊。」喬月道。

兩人對視一眼，蘇大郎有些緊張地說：「我們從未擺過攤，不會吆喝啊。」

「是啊是啊。」蘇二郎也點著頭。

喬月道：「那怎麼行，你們聽，很多小販都在吆喝呢。」她隨手一指，只見別的攤販都笑盈盈地招呼著過往的人群。

「那……怎麼吆喝？」兩人問。

喬月教了幾句，蘇大郎嘗試著開口，幾次都失敗了，緊張得額頭都冒出汗了。

「算了算了，我來。」喬月揮揮手，說道：「一會兒我吆喝，要是有人來買，大哥負責秤重收錢，二哥負責殺魚。」她將帶來的菜刀遞給蘇二郎。

「殺魚？還要幫忙處理好嗎？沒見過誰買魚還幫忙扒魚腸子的呀？」蘇二郎接過菜刀，驚訝道。

喬月噎了一下。

她都忘了，這裡不是現代，殺魚應該是家家都會的技能。

「呃，這是為了能快點將魚賣出去，幫人把魚處理好，別人不用費功夫，肯定樂意來買。」

兩人點點頭，覺得有點道理。

「大娘，買條魚吧，新鮮的魚，味道很好的！」

「哎，大叔，買條魚吧，回家煮魚湯啊，補身體的。」

喬月笑著招呼過往的老老少少。

「買條魚吧，我們可以幫忙處理魚，省時間啊！」

一個穿著湖綠色衣裙的女孩停下腳步，看向木盆中的魚。

招攬到一個客人，喬月高興地介紹起來。「魚十文錢一斤，包殺好的。這種大的肉質緊實，可好吃了，十二文錢一斤。」

女孩點點頭，指著盆中兩條鯽魚道：「就要這兩條吧。」

「好！」喬月點點頭，招呼大哥抓魚秤重。「二哥，把這位姊姊的魚處理乾淨。」

「放心吧，保證處理的乾乾淨淨！」

有了這個起頭，很快的，攤子便圍了好幾個人，賣魚包處理果然起了效果，來購買的人全都要求把魚處理乾淨。

蘇二郎動作很麻利，兩三下便刮好魚鱗、處理好魚腸，再用帶來的牛筋草把魚串起來。

快到中午的時候，最後一條魚也賣光了。

「咳咳……大哥，賣了多少錢？」喬月吆喝了一上午，嗓子都有些啞了。

蘇大郎打開收錢的木箱，裡面有很多銅板，三人圍在一起，蘇大郎數了數，高興道：

「五百二十三文錢！」

三人都很開心，蘇大郎將零頭二十三文錢遞給喬月，說道：「小妹，今天辛苦妳了，妳的功勞最大，這些錢妳拿去買點糖水喝。」

喬月也不推拒，接過錢笑道：「謝謝大哥！」

「妳去買糖水喝，不要跑遠了，我跟妳二哥把這裡收拾一下，中午還要回去吃飯。」

「嗯，知道了！」喬月開心地拿著錢離開了。

喬月沒有拿錢去買糖水，而是把二十三文錢全都用來買豬板油。回去的時候，喬月又央著蘇大郎買了一斤豬肉，花了三十文錢。

「小妹，妳買豬油做什麼？這豬油不新鮮了，是不是被騙了啊？」蘇二郎和喬月坐在驢車上，問道。

喬月看了看用荷葉包起來的豬油，笑著道：「二哥，這豬油不是用來吃的，我想做點東西。」

她知道這個板油不好，估計放了很多天，天氣炎熱，豬油有些壞了，原本十五文錢一斤，她講價用二十三文錢買了兩斤多一點。

蘇二郎搖頭笑道：「小丫頭主意多，比哥哥們還厲害。」

驢車在路上顛簸著，快到正午了，太陽大了起來，蘇大郎揚了幾鞭子，毛驢立刻跑了起來。

回到家，蘇二郎帶了一斤豆子去還驢車，劉氏她們早就等著了，見魚全都賣光了，很是高興。

蘇大郎將五百文錢交給劉氏，劉氏笑得臉上的皺紋都深了許多。

下午家裡人都去地裡幹活了，黃豆苗要鋤草，兩個嫂子都去了，蕓娘和妹妹二丫在屋中午睡，劉氏坐在屋簷下的陰涼處納鞋底。

喬月在院子架上小鐵鍋，把切好的豬油放進去熬，在鍋中加上適量的清水，防止油渣糊掉，再放一些八角香葉去除油脂中的味道，等水燒乾了，豬油也熬好了。

香氣很快飄滿了院子，劉氏走過去問道：「月兒，妳這是要做什麼？」

喬月道：「娘，我想做些香皂和肥皂。」

劉氏沒聽說過，不知道她說的是什麼，但她明白喬月也不應該知道這些東西。

劉氏面色有些奇怪，她拉著喬月，嚴肅地問：「月兒，娘想問妳，這些東西妳是從何得知的，娘看著妳長大，很了解妳。」

喬月知道劉氏肯定會有懷疑的一天，但是她不擔心。

見劉氏這樣問，喬月咬著唇，皺起眉頭，欲言又止的模樣似乎不知道要怎麼回答。

過了一會兒，她深吸一口氣，拉著劉氏坐在石凳上，左右看了看，小聲說：「娘，之前我不是受傷昏迷嗎？在床上昏迷的那兩天，我夢見一個老神仙，祂教了我很多稀奇古怪的東西。」

「什麼？」劉氏滿臉疑惑，眼中盡是不相信。

「是真的。」喬月強調道：「我會編漁網就是那個老神仙教的。」她見劉氏還是不相信，又說：「娘最是了解我，知道我根本不會這些東西，而且我還失憶了，除了娘什麼也想不起來，若不是老神仙教我，我怎麼會知道呢？」

劉氏想了想，覺得女兒說的有些道理。她最了解喬月，常年不怎麼出門，又不識得幾個字，怎麼會知道編織漁網的方法呢？

雖然覺得不可思議，但劉氏還是相信了女兒說的話。

喬月歪頭靠在劉氏身上，說道：「娘，您養我這麼多年，現在該是我報答娘的時候了，我會用老神仙教我的方法，讓咱們家過得越來越好。」

劉氏摸摸她的頭。「娘不要妳的報答，妳好好的娘就開心了。」

「嗯，我知道娘對我最好了，以後我會讓娘過得更好的，天天有魚有肉吃，還有新衣穿！」

劉氏被逗笑了。「好，娘等著月兒發大財！」

「嗯！」喬月認真地點了點頭。

肥皂的做法很簡單，豬油熬好後待溫度降下去，倒了一半在大瓷碗中，加入調好的草木灰醋水，再加入適量的鹽，提高肥皂硬度。

接下來就是攪拌的過程。

喬月拿了四、五支筷子開始攪拌，胳膊痠疼，汗也流了下來，一個多時辰後，混合液已經是黏稠的狀態。

她用一張油紙墊在一個長條的木盒中，倒入皂液蓋好。現在天氣熱，皂液凝固快，熱皂的皂化反應也會快很多，約莫七、八天的時間就能脫模使用了。

肥皂的製作成本不高，最基本的洗滌劑就是草木灰了，家家戶戶都在用。脂粉鋪子裡賣給有錢人家的是一種叫做胰子的東西，就是用豬胰子和草木灰製作的，樣式不怎麼好看，巴掌大一小塊就要三兩銀子，平民人家是用不起的。

現在弄不到椰子油，草木灰的去污效果一般，若是能找到無患子和皂莢，那去污能力就更好了，還能製作洗頭皂等等。

剩下的豬油再加熱一下，提取出鹼水，昨天摘回來的梔子花經過熬煮，提取出的汁液也倒進去增加香味，混合好後就繼續攪拌，再將皂液倒入另一個模具中，撒上乾月季研磨出的粉末，味道香氣襲人。

等待皂成熟的期間，喬月便拿著柴刀上山砍竹子去了。

第七章

蘇家人出門下地幹活，喬月就待在家裡專心做竹編。

竹編講求的是耐心和細心，沒有圖紙，一切步驟都掌握在心中。

前世，喬月和爺爺隱居在山中，家中所用的器具大部分都是竹編製成，大到桌椅板凳，小到果盒壺套，爺爺的一雙巧手無所不能編。

破竹、劈篾、刮青、染色，最後才是編織，一根根高大堅硬的竹子在爺爺手中變得柔軟服貼。

喬月坐在板凳上，認真編織著背包上的花紋。

她的手法很熟練，動作也很快，神色專注地製作每一道工序。

忽然，蘇家的門口傳來喧鬧的聲音，隱約還傳來劉氏的哭聲。

喬月面色一變，放下手中的活跑了出去，只見蘇大郎正將蘇彥之從驢車上揹下來。

「三郎，你要振作一點啊！」劉氏抹著眼淚，幾人一齊進了房間。

「娘，三哥怎麼了？」喬月跟了進去，只見蘇彥之面色蒼白地昏睡著，不知出了什麼事？

劉氏哭得抽抽噎噎，徐氏擔憂地說：「方才我和娘去河邊洗菜，見到書院的人趕著驢車把三郎送了回來。」

「怎麼回事？三哥生病了嗎？是不是中暑了？」喬月急急地問。

徐氏拍拍她的手，道：「不是，書院來人說，三郎是體力不支暈倒的。」

「體力不支？」喬月思索著這句話，蘇彥之風寒已經好了，並沒有再生病，要說體力不支……那不就是餓暈的嗎？

喬月一愣，問：「三哥每天去書院，娘不是都給他帶餅子嗎？」

劉氏擦擦眼淚，說道：「是帶了，不過是兩張粗麵餅子，本就不頂餓，三郎有位同窗家境也不好，他便經常把食物分給那人吃。」

劉氏坐在椅子上淚水漣漣。「妳三哥自幼體弱，平時飯量也小，前段時間生病，人也瘦了一大圈，每日還吃不飽，身體哪受得住啊！」

蘇一郎安慰著母親。「娘，書院的先生已經給三郎請了大夫看過了，沒什麼大礙的。」

「嗯。」劉氏點點頭，吩咐大兒媳道：「妳帶大郎去雞舍把那隻小黑雞殺了，一會兒就燉上，等三郎醒了給他補補身子。」

「我知道了。」徐氏點點頭，幾人一起出去了。

喬月走到劉氏身邊勸慰幾句，劉氏嘆著氣道：「三郎再這樣下去身體肯定會熬壞的。」

說著眼淚又流了下來。「都怪娘沒本事，家裡這樣窮，三郎受苦了。」

喬月握著她的手道：「娘，不如以後給三哥送飯吧，可以做點好的，慢慢給三哥補身體。」

「可是……」劉氏擔憂道：「妳也知道家裡的情況，前段時間三郎生病花了不少錢，現在家裡就剩幾百文錢了。」

劉氏也知道小兒子的身體要補，但是家裡哪有那個條件？平時早飯吃碴子粥和粗麵饅頭，午飯也就吃清炒蔬菜，就連米飯都是一人一碗的量，不夠就只能吃紅薯了。

家裡十口人就在地裡刨點吃的混個溫飽，哪還有錢給三郎補身體呢？

喬月自然知道家裡的難處，她微微笑了，眼中閃著自信的光芒。

「娘，女兒有辦法，明天我去一趟縣裡，把做出來的東西拿去賣了。」

劉氏摸著女兒的頭髮沒有說話，眼中卻都是心疼。喬月今年不過才十二歲，還是個沒長大的孩子，卻要為家裡的生計操心。

喬月看懂了劉氏的表情，笑著道：「娘，我已經長大了，以後我會賺更多的錢，讓娘和哥哥們都過上好日子。」

「嗯，好。」

次日，喬月製作的兩種皂已經可以脫模使用了。

劉氏擔心喬月一個人去縣裡不安全，便讓虎子一起去。

喬月把十幾塊皂裝進竹編的背包裡，兩人趁著清晨溫度涼爽往縣裡趕去。

喬月來到一家名叫「芳容閣」的脂粉鋪，記憶中她常用的一塊兩百文錢的頭巾就是在這家鋪子買的，上次她還進來瞧過。

老闆娘是一個三旬左右的婦人，穿著精美的淡紫色綢緞抹胸裙，臉上是精緻的妝容，手中拿著一柄絹扇，正站在櫃檯後攬鏡自照。

虎子不好意思進去，便站在屋簷下等喬月。

「老闆娘，妳這裡收東西嗎？」喬月問。

老闆娘人稱張娘子，夫家姓葛，在縣裡開了三、四年的鋪子。

她放下鏡子打量了一下喬月，問道：「那要看看是什麼東西了。」她見喬月穿著寒酸，以為她和別人一樣不過是拿來一些香囊、帕子之類的東西，只一個眼神，便又拿起了鏡子。

喬月放下背包，從裡面拿出一紅一綠兩個竹編的小盒子，裡面放著的正是草木灰肥皂和梔子花的香皂。

「老闆娘，您看看，這是肥皂和香皂。」喬月把東西推了過去。

聽見喬月的話，張娘子疑惑了一下，瞥了眼過去，卻被那精緻的竹編小盒子吸引住了。

裝著皂的是一個方形的盒子，紅色與藍色交錯編織成格子的樣式，收口編的是雲紋。另一個則是淺綠色的，上面編了竹葉的圖樣，很是精巧。

「這是什麼？」張娘子來了興致，她一貫喜歡這些精巧的玩意兒。

喬月又介紹了一遍，說道：「這個肥皂可以用來洗手，對皮膚有很好的滋潤效果。這個梔子香皂可以用來洗澡、洗頭，味道芬芳。」

張娘子拿起用油紙包起來的香皂，湊近聞了聞，梔子混著月季的香味，沁人心脾。

見她不語，喬月道：「老闆娘可以洗洗手，試試看。」

張娘子點點頭，叫住一個正在整理貨品的姑娘，讓她去打水來。

打濕了手，張娘子雙手合著香皂搓了幾下，指尖立刻冒出潔白的泡沫，淡淡的香味也散發出來。

仔細地搓了雙手，用清水洗淨後她抬起手，似乎感覺雙手變得光滑又細嫩，放在鼻尖下聞了聞，香味很合她的心意。

張娘子滿意地點頭，問道：「有多少？妳要什麼價？」

喬月道：「肥皂有八塊，香皂有五塊。肥皂一兩銀子一塊，香皂三兩銀子一塊。」

張娘子「嗯」了一聲，指著裝東西的小盒子問：「這個包含在內嗎？」

喬月笑咪咪地說：「若是老闆娘都要了，這次的小盒子全部贈送。」說著，她從背包裡把剩下的十六盒皂拿了出來。

張娘子眼睛一亮，這十六個盒子竟然都是由不同的顏色和花紋編織而成的，各有各的精緻漂亮。

她眼珠轉了轉，喊了一聲「梅兒，沏茶來」，便走了出來笑盈盈地拉著喬月的手，說道：「還未請教妹妹怎麼稱呼？我姓張，妹妹喚我張娘子就好。」

隨著張娘子坐到凳子上，喬月道：「我叫喬月。」

張娘子道：「那我便叫妳月兒妹妹好了，我家小妹也跟妳年紀差不多大。」

梅兒端了茶水過來，張娘子招呼著喬月喝茶，說道：「月兒妹妹這香皂是哪裡來的？今日怎麼想起送到我這裡來了？」

喬月一聽這話便知道她話中的意思，明著是打聽皂的來歷，實則是想問自己有沒有將皂賣給其他鋪子。

喬月笑著回答。「這是我自己做的，因著家中需要錢，這才做出這麼多。早上在街上逛了一圈，就見姊姊美麗大方，鋪子也乾淨整潔，便進來了。」

張娘子聽著這明顯的恭維話很是受用，她爽朗的笑了幾聲，聲若銀鈴，道：「月兒妹妹真是會說話，姊姊喜歡。」

她叫來梅兒，道：「梅兒，去匣子裡拿二十三兩銀子過來。」

「知道了。」梅兒應了一聲往後面去了。

交易這就成了？喬月很開心，她原以為張娘子會討價還價一番，沒想到這麼乾脆。

張娘子是生意老手，一見喬月的表情就知道她在想什麼，抿唇笑了笑，說道：「這皂先放我這裡賣，以後妹妹要是還有，請務必先拿到我這裡來，價錢好商量。」

她眼光毒辣，方才試用香皂後便知這東西一定能賣出去，這條街的胭脂鋪子有三家，賣的東西都差不多，客流都被瓜分了，需要一些新鮮的東西來吸引客人。

喬月接過裝錢的小布包，說道：「那是肯定的。」順手把錢袋放進背包中。

張娘子「咦」了一聲，指著喬月的背包問道：「這是何物？」

喬月見她感興趣，便將背包遞了過去，說道：「這是背包，也是我自己做的，出門在外裝點東西方便一點。」

淡黃色的竹條打底，深紅色與棕色的竹條在上面編織出六角形的花朵圖案，兩條背帶是用山中藤條與棉布編織起來的，鈕釦則是用木頭做成可旋轉的樣式。

張娘子目光閃亮，她還從未見過這樣精巧新奇的東西，問道：「這個賣嗎？」

喬月搖搖頭。「我只做了一個，自己用的。」

見張娘子有些失望，喬月又道：「若是張娘子喜歡，我可以做，還有其他好看的款式。」

「好、好！」張娘子拍了下手，笑得眉眼彎彎。「那我可就靜候妹妹佳音了。」

「嗯。」喬月點點頭，揹起背包走了出去。

她一離開，張娘子趕緊走進裡屋，把歇在躺椅上的老闆葛鴻發叫了起來。

「官人，快起來給我寫一塊『有新貨』的幌子掛起來！」

第八章

「虎子，走了。」

店外，喬月招呼了一聲蹲在地上的虎子，笑著道：「虎子，小姑請你吃東西，你想吃什麼？」

虎子跳了起來，憨厚的臉上露出笑容。「真的嗎？吃什麼都可以嗎？」

喬月肯定地點頭。

虎子吸了吸鼻子，指著不遠處的包子鋪說道：「小姑，我想吃肉包子。」上次大伯帶回來的肉包他吃到了一個，白麵做成的包子又香又軟，裡面的肉餡油滋滋的，就是太小了，他兩三口就吃光了。

看著虎子嘴饞的模樣，喬月笑了笑，她也好多天沒吃到肉了，也饞了。

「走，買肉包子去！」

早上出門的時候劉氏給他們烙了餅子，一人一塊，這會兒也都消化完了。

包子鋪外搭了一個簡單的茅草遮陽棚，喬月和虎子坐在凳子上，不一會兒店老闆就端來六個熱呼呼的包子。

喬月胃口不是很大，吃了兩個又喝了一碗水，便覺得有些撐了，但見虎子三兩口就消滅一個，一個包子一口水，四個包子眨眼間就被消滅了。

「吃飽了嗎？」喬月問。

「嘿嘿，還沒。」虎子摸了摸腦袋答道。

「老闆，再來十個肉包！」她喊了一聲。

「好，馬上來！」

喬月道：「虎子，你在這裡吃，我去買點東西，等等回來找你，行嗎？」

虎子點點頭，痛快地答應了。「小姑，妳去吧，我在這兒等妳。」

虎子心中對喬月的看法大大改變了。他和蘇三郎以及喬月是一起長大的，但劉氏最疼愛的卻是這個收養來的小姑，從小趙氏就告訴他儘量和喬月搞好關係，這樣才能得到劉氏更多的疼愛。

他聽進去了，不像小叔那樣與喬月針鋒相對，反而扮演起了哥哥的角色，奈何喬月根本看不上他，總是罵他蠢、說他憨，讀書好幾年連個千字文都背不出。

經常受到這樣的譏諷打擊，漸漸地虎子也不和她親近了。

但是現在虎子覺得，自從喬月失憶後性格變得越來越溫和了，會叫自己帶她去山中玩，會買好吃的給自己，看自己的眼神再也沒有以前那種嫌棄。

真好！虎子心想。

喬月去了一家藥材鋪，買了一些做菜去味常用的香料，一包五兩就花了一兩多銀子。

接著又挑選了幾種用來做染料的材料，多是一些乾花、植物根莖和果實，花了近二兩銀子。

她又去了之前擺魚攤時旁邊的肉鋪，老闆姓陳，是一個面善和氣的中年漢子，他家的生意很好，一天能賣出一頭豬。

「老闆，來兩斤肉、兩斤板油。」

「好，姑娘稍等。」

店老闆笑咪咪的，麻利地切了一刀，放在秤上正好兩斤，他轉身將放在涼水盆裡的豬油拿起來，秤好後連同豬肉用幾張荷葉包起來，再用麻繩繫好遞給喬月。

「喲，這不是前幾天賣魚的姑娘嗎？怎麼，今日還來賣魚？」店老闆認出了喬月，笑著問。

「沒有，今日是來買東西的。」喬月說著把錢遞了過去。

「哦，姑娘吃得好，下次再來啊。」

走出幾步，喬月回頭道：「好！」

不同的材料製作出的皂各有不同，豬油皂是最基本的，但比較適合冬天使用，滋潤度比較高，羊油皂也適合冬天使用。

接著喬月又去了油坊。

「老闆，有椰子油嗎？」喬月問。

椰子油是用來製作香皂最適合的油之一，溫和滋潤，清潔能力也好，可以用來打入上層圈子。

店老闆正坐在櫃檯後打瞌睡，聽見喬月問，抬起頭掃了她幾眼，懶洋洋道：「有是有，一百文錢一斤，妳要買？」

他的語氣有些不好，估計是看喬月穿著寒酸，不像是能買得起的人，故也懶得搭理。

喬月無視他的態度，道：「來十斤。」

店老闆驚訝地看著喬月，見她面色認真，站起身道：「十斤？」

喬月點點頭很肯定。

「妳等著，我去拿。」店老闆說了一聲，走出櫃檯往裡面走了一段，進了一扇門。

喬月知道他是下地窖去拿了，夏天溫度高，食用油容易變質，地窖陰涼最適合儲藏了。

過了一會兒，店老闆提著一個用竹篾兜起來的陶罐走了出來。

喬月拿出一兩銀子遞給老闆，接過罐子檢查了下外面的封層是否完好，又揭開封層看了一下，椰子油還未融化，表面雪白平滑，是完好的。

「多謝老闆。」

十斤重的油加上一、兩斤的罐子，喬月拎得胳膊都發麻了。虎子在路邊的大樹下等著，見喬月拎著罐子過來，趕緊跑上前接了過來。

太陽漸漸大了起來，喬月擦了擦額頭的汗，問道：「虎子，你知道哪裡有賣豆腐嗎？」

她想買點豆腐回去做瘦肉豆腐羹，營養又美味。

「豆腐？」虎子摸摸光潔的額頭，搖頭道：「豆腐是什麼？」

喬月驚訝地看著他。「這裡沒有豆腐嗎？」

她以為是秋山村沒有做豆腐的，而縣裡他們又不常來，沒買過豆腐，便跑到豬肉攤子去詢問。

沒想到賣肉的老闆卻說本縣沒有賣豆腐的，他只在隔壁縣見過一家豆腐坊。

喬月這下真的有些驚訝了，她以為做豆腐是古代常吃的一道菜，沒想到這裡竟然沒有。

難怪這條街上都沒見到，原本她還以為豆腐坊多是小家庭作坊，可能在什麼偏僻的地方，沒想到這裡還沒普及。

也難怪，在古代，一家若是有什麼手藝，那定是要死死瞞住的，只有家裡的兒子才能繼承，這是代代相傳的養家手藝，就連徒弟也無法輕易接觸到最重要的方法。

做豆腐也是一門手藝，在沒有溫度計的年代，這一切都要靠經驗才能做出嫩而不爛的豆腐。

通訊不發達，手藝不外傳，這一切都限制了手藝的傳播速度。

買不到豆腐，喬月便買了兩斤雞蛋帶回去。家裡只有四隻母雞下蛋，現在天氣熱，母雞下蛋也下得少，家裡還有一個體弱的人，雖然不能天天吃肉喝湯，最起碼每天吃幾個雞蛋還是必須的。

把雞蛋和小東西裝進背包裡，虎子拎著十斤的油罐和豬肉，走路的速度竟還比喬月快，那輕鬆的模樣讓喬月以為他怕是提了個空氣。

虎子今日的心情格外好，一口氣吃了十個肉包子，現在他有的是力氣。

家裡人都下地幹活去了，劉氏囑咐小兒子多休息後，便坐在院子外的樹下瞭望著小路。

「娘、奶，我們回來了！」

喬月老遠就見到劉氏坐在樹蔭下。

劉氏見虎子雙手都拎了東西，趕緊起身走過去。

「哎喲，怎麼買這麼多東西啊？」劉氏瞪了虎子一眼。「臭小子，是不是你纏著小姑買東西啦？」

「沒有沒有！」虎子趕緊搖頭，表示與自己無關。

喬月挽著劉氏的胳膊往家裡走，笑著道：「娘，是我自己買的。看，我買了肉和雞蛋，給三哥補補身體。」

劉氏接過虎子手中的豬肉掂了掂。「怎麼買這麼多？現在天氣熱，放不了。」

喬月道：「娘，這又不是全都給三哥吃的，娘每天照顧我們打理家裡好辛苦，還有哥哥和嫂嫂們，大家一起吃，吃完了我再去買。」

劉氏心裡暖極了，女兒比從前更加貼心了。

快到中午了，一家人都要吃飯，今天徐氏下地幹活了，趙氏拎著一籃蔬菜從河邊回來。

「娘、娘！」虎子站在門口見到趙氏回來，幾步跑上前。

「虎子回來了。」趙氏微笑道。

「娘，您快進來。」虎子拉著她往屋裡走。

「怎麼了？」趙氏疑惑，趕緊放下還在滴水的菜籃，跟著兒子進了房間。

虎子把門掩上，從懷裡掏出一個荷葉包，塞進趙氏手中。「娘，給您吃。」

趙氏把荷葉打開，裡面是一個被壓扁的包子。

「小姑請我吃肉包，我偷偷給娘留了一個，您快嚐嚐，可好吃了！」虎子開心地說道。

趙氏感覺眼眶熱熱的，她盯著皺巴巴的包子，用力眨了幾下眼睛。「兒子長大了，會心疼娘了。」

她看著老實憨厚的兒子，問道：「今日跟你小姑去縣裡做什麼了？」

虎子老實說道：「小姑去了一家胭脂鋪子，出來給我買了很多包子吃，還買了豬肉！」

趙氏一聽就知道裡面有事，又是肉包子又是豬肉，她哪來的錢？想要再細問兒子，可見他憨厚的模樣就知道問了也是白問，還是等自家男人回來再好好商量商量。

趙氏咬了一口手中的包子，豬肉餡的油瞬間溢了出來，雖然包子冷掉了，但味道還是很鮮香。

另一頭，喬月拉著劉氏進了房間，從背包裡拿出一個小布包遞給劉氏。

「娘，這是今天賣香皂得來的錢，給您。」

劉氏沒有接，說道：「妳自己留著用。」喬月又是買肉買油還買了雞蛋，估計身上也沒剩多少錢了。

喬月卻把布包塞進劉氏手中。「娘，您拿著，家裡缺什麼東西您可以買。」

劉氏被手中的分量嚇了一跳，布包差點掉到地上。

「這麼多錢！」她瞪大眼睛看著手中的布包，好幾串的銅板裡，銀子明晃晃的。

劉氏拿了一塊約莫四、五兩的銀子放在嘴邊咬了一下，差點沒崩掉牙。

「月兒，老實說，妳哪來這麼多銀子？」她有些不相信喬月僅是賣了幾塊肥皂就賺了這麼多。

喬月聽她問，便說道：「娘，這就是賣皂的銀子，真的。」

劉氏見女兒認真，一顆心頓時激動起來。

「月兒，那個什麼香皂的真這麼賺錢啊？」

喬月點點頭，說道：「這只是最基本的皂，要想做賺錢的，起碼還要等上兩個月才行。」

第九章

廚房裡。

喬月買了肉說要做肉湯，家裡人多，兩斤肉除去肥肉要榨油，瘦肉就只有一半了，再炒一炒縮了水，一人也就夠分上一塊。

劉氏覺得喬月說得對，她將肥肉全都剔下來，放進鍋中榨油，聽喬月的話做肉湯，劉氏便拿著菜刀細細地剁剩下的瘦肉。

「娘，三哥今日怎麼樣了？身體好點了嗎？」喬月往灶膛裡添了幾根樹枝，榨油要控制火不能太大，不然肉渣會糊掉。

劉氏用力地剁著肉，想起小兒子蒼白的臉色，嘆了口氣。「好點了。」

喬月道：「那就好，若是三哥還不舒服，娘一定要請大夫才是。」

手裡剛拿了喬月給的十幾兩銀子，劉氏笑著道：「娘知道。」

肥肉榨油的香氣飄散在空氣中，肥肉已經變得很小了，劉氏拿來一個專門裝豬油的小罐子，把油全都舀進罐子裡。

喬月從徐氏拎回來的菜籃裡拿出四、五個番茄，切成小丁。番茄個頭大，比喬月的拳頭還大，是漂亮的紅色，拿了一塊吃下去，酸酸甜甜，水分很多。

喬月把番茄放進鍋中炒出沙，舀上幾瓢水放進鍋內燒開，把剁好的肉末放進去，再加點鹽和醬油。

劉氏坐在鍋下燒火，喬月從櫥櫃裡拿出四、五個雞蛋打在湯盆裡，快速地攪散。

喬月揭開鍋蓋，倒入蛋液的同時用筷子攪動著，沸騰的水瞬間將蛋液燙熟，乘機把切好的蒜葉放進鍋中，一大鍋番茄瘦肉湯就做好了。

喬月拿碗盛了一些遞給劉氏。「娘，您嚐嚐味道，我也不知道做得好不好吃。」

劉氏接過碗，瞪著碗中的肉湯道：「只是嚐個味道，盛一碗做什麼！」說著就要倒進鍋裡，喬月連忙拉住她。「娘，盛都盛了，您就嚐一下嘛，鍋裡還有很多呢。」

劉氏拗不過喬月，點點頭，吹了吹熱氣嚐了一口。「嗯，味道不錯。」番茄和雞蛋本就是絕配，搭配著瘦肉的香味，異常鮮美。

喬月適時遞去一支小勺子，劉氏笑了一下，舀了一勺給喬月。「妳做的，自己嚐嚐怎麼樣？」

「嗯，非常好吃！玉香園的大廚都沒我做得好。」喬月得意地笑起來。

劉氏輕敲了一下她的腦袋。「貧嘴！」

喬月笑著躲開。「我盛一碗給三哥送去。」

劉氏嗯了一聲，走出去叫徐氏去地裡叫蘇大郎他們回來吃飯，又拎起板凳上放著的籃子，拿出裡面的青菜切了起來。

蘇彥之坐在床前看書，本想著身體好點了就去書院，但劉氏不放心，讓他在家中多休養幾日。

聽見敲門聲，蘇彥之抬頭看去，見喬月端著托盤走了進來。

「三哥，吃午飯了。」她走過來把東西放下，見蘇彥之沒有休息，便道：「三哥，你應該多休息。」

喬月語氣溫和，透著關心。她沒有戴頭巾，右邊臉頰上的胎記很顯眼，但意外地蘇彥之並沒有生出以往厭惡的感覺。

許是她沒有了以往的畏畏縮縮、遮遮掩掩，又或許是她露出的開朗笑容，蘇彥之呆愣了一下才回過神來。

「嗯，知道了。」他點點頭，端起碗喝了一口湯。

「味道怎麼樣？」喬月問。「湯是我做的。」她語氣透露出開心。

蘇彥之拿著勺子的手頓了一下，道：「味道很好。」

「那就好。三哥你慢慢吃，我待會兒過來收碗勺。」說完，喬月轉身離開。

蘇大郎幾人汗流浹背地從地裡回來了。

一進堂屋，幾人聞到了豬肉榨油後的香味，見桌子上的銅盆裡裝了滿滿一盆雞蛋瘦肉湯，齊齊吞了吞口水。

蘇二郎道：「娘，今天是什麼日子？」

在蘇家，因金錢有限，平日極少能吃到肉，只有逢年過節劉氏才會去割一斤肉回來解解饞。

劉氏端著飯走出來，說道：「月兒做手工拿去賣了點錢，說你們幹活辛苦，買了兩斤肉回來。」

蘇大郎接過徐氏遞過來的布巾擦了擦汗，笑道：「小妹真厲害，都能掙到錢了。」

「是啊是啊。」蘇二郎跟著附和。

被兩個哥哥不加掩飾地一通誇獎，喬月有些不好意思。「哥哥嫂嫂們肯定餓了，快吃飯吧。」

眾人落坐，劉氏拿著碗盛湯，很明顯，給兩個兒子和孫子盛的肉比湯多，而給家裡女人們盛的時候，碗裡多是番茄和雞蛋。

當然，喬月例外。

徐氏和趙氏眼看著喬月碗中的肉末比自己多，心下不舒服卻不敢說什麼。

蕓娘照顧著妹妹吃飯，二丫喝了一口肉湯，小聲跟蕓娘道：「姊姊，湯真好喝，我還吃到肉了！」眼睛閃亮亮的，抿著嘴很開心。

徐氏看了眼兩個女兒的碗，心下湧起酸楚。

二房頭一胎就是兒子，自己卻一連生了兩個女兒，家裡但凡有什麼好的，自己這一房的孩子得到的都是最少的。

徐氏眼睛瞟到喬月，不由心中更為難受。都是女孩，喬月在蘇家的日子竟比家中男人還好，不用幹農活，吃喝也不愁，像是老爺家中的千金一般。

看著二房母子，徐氏這頓飯吃得不是滋味。

隨後幾日，喬月都窩在家中製作竹編。

前幾日去縣裡看了，店中的竹編用品很多，花樣也不少，尋常用具定不能在短時間之內脫穎而出，占據市場。

喬月上山尋了一整天終於找到了一片水竹，水竹的竹纖維細小，竹料柔韌，是製作竹編的上佳之選。

喬月想了一下，決定從創新和精巧入手，竹編玩到極致就連精巧的亭臺樓閣都能製作出來。

「您可以看看店中其他東西，前些日子剛進了一批樣式好看的珠花。」張娘子熱情推銷。

「這樣啊。」女子有些失望。

張娘子坐在櫃檯後面，嘆了口氣回道：「不好意思，姑娘，香皂已經賣完了。」

「老闆娘，我來買香皂。」一個梳著雙環髻的女子打著一把遮陽傘來到芳容閣。

另一頭，芳容閣。

「不用了。」女子搖搖頭轉身離去。

「唉！」張娘子重重嘆氣，在屋中走來走去。「梅兒，這幾天有多少人來問了？」

梅兒道：「娘子，已經有不下二十人來問了。」

張娘子走到門口看著街道的盡頭，毒辣的太陽曬得她趕緊又回到店裡。

「妳說這喬家妹子什麼時候再來啊？真是急死我了。」她拿著團扇用力地搧著，卻搧不去心中的焦急。

五天前喬月拿來的香皂和肥皂早就賣完了，和胰子不同，香皂不僅能洗衣服，還能洗臉、洗身體，味道也好聞，不過才擺了一天就全都賣完了。

她走到櫃檯後面看著盒子裡的銀子，臉上表情難受。一塊香皂賣五兩，肥皂賣三兩，不過一天就賺了六、七十兩銀子，這都能抵得上鋪子半年的進帳了。

別看洪安縣雖然不是富庶之地，但有錢人家也不缺，各家小姐、夫人最喜歡這種帶香味的東西了，夏天熏香味道重，用香皂洗衣服，衣服上會殘留淡淡的梔子花香，最是好聞。

又等了三、四天，張娘子終於看見喬月揹著背包走在街上，只是卻不是往自己這裡來，而是準備往別家去。

「喬月妹妹、喬月妹妹！」

就在喬月要進店的時候，冷不防聽見有人叫自己。

張娘子提著裙襬火急火燎地跑了過來。「喬月妹妹，可把妳給盼來了，快到姊姊店裡吃杯茶休息休息，這大熱天的。」

喬月還沒反應過來，便被張娘子拉到店裡去了。

張娘子讓梅兒倒了一杯消火的金銀花茶，坐到喬月身邊，說道：「喬月妹妹可算是來了，姊姊在家裡等得都快急死了。」

張娘子笑咪咪的，一口一個姊姊，一下子把關係拉近了不少。

喬月有些受不了這樣的熱情，端起茶水喝了一口，微笑著道：「皂還沒做好，還要等兩日。」

張娘子臉上笑意不變，心中卻安定了不少。在等待喬月的這幾天，最讓她心焦的不是皂有沒有做好，而是喬月有沒有把皂賣給別人。

畢竟她們之間沒有簽過什麼買賣協議，若是有人出更高的價，喬月肯定會賣出去。

方才她見喬月要往別家去，心猛地就提了起來，趕緊把她拉進店裡，這時張娘子不由慶幸，他們的鋪子位置離街口最近，喬月只要來這條街，必定會經過她的門前。

「哎呀，不急不急。」張娘子笑著，又問：「妹妹今日來是要買什麼嗎？姊姊對這裡熟，若是妹妹想找什麼可以跟我說。」

喬月指指腳邊的袋子，說道：「那就多謝張姊姊了，我在找店鋪。」

張娘子掩唇輕笑。「好說好說。」

喬月伸手把袋子打開，從裡面拿出兩個精緻的東西。「姊姊可知這條街上哪家收這樣的竹編嗎？」

張娘子打量著擺在桌上的幾樣竹編，一個花瓣形狀的籃子，收口用的是染色的粉色竹條，提把上還綁了一條碎花布編織的帶子，繫成一個蝴蝶結的形狀。

她的眼神落在第二個物件上，那是一隻活靈活現的竹編大公雞，昂首挺胸，兩隻小黑豆似的眼睛神氣地盯著前方，尾部的羽毛上色極為精巧，黑紅金黃三色相交，十分出彩。

喬月又從袋子裡拿出一個大件的東西，四四方方的，紅藍二色編織。

「這是何物？」張娘子問。

喬月微微一笑。「這是行李箱。」她蹲在地上把箱子兩邊的木頭卡釦打開，把箱子裡的東西拿了出來。

「這是上次答應張姊姊的，我回去做了幾個。」

第十章

喬月從箱子裡拿出三個軟編的背包，又從麻袋裡拿出幾個硬的小挎包。

張娘子接過來細看，眼中全是驚訝。她扭頭看著喬月，眼前的女孩不過是個十二、三歲的孩子，沒想到手藝竟這般奇巧。

張娘子摸著挎包上光滑的花紋，心中思索該如何跟她談。

喬月見她似乎在發呆，便說道：「張姊姊知道有誰家收這些東西嗎？」

「啊？啊！」張娘子回過神來，拉著喬月坐下，漂亮的臉上露出燦爛的笑容。「知道知道。」

她扭頭朝後面喊了一聲「官人」，片刻後一個穿著藏青色圓領袍的男人走了出來。

「官人，我給你介紹一下，這就是我跟你說的心靈手巧的喬月妹妹。」張娘子笑著道。

芳容閣的老闆名叫葛鴻發，三十幾歲，一表人才。兩人點頭微笑打過招呼後，張娘子指了指桌上的竹編對他道：「官人，你去請青竹鋪的孫老闆過來，說這裡有一筆生意讓他過來看看。」

葛鴻發點點頭，戴了頂草帽遮陽便出門了。

銀子一個。

等待的工夫，張娘子和喬月談妥了七個竹編包包的價格。挎包二兩銀子一個，背包三兩

張娘子讓人取了銀子過來。「妹妹，這麼多銀子妳拿著不安全，姊姊給妳換了一張銀票和一些碎銀子。」

張娘子笑著把一張十兩的銀票，一些碎銀子和幾吊錢用一塊布包好遞給喬月。

「多謝張姊姊。」

喬月笑盈盈的清點了一遍，把銀票放進懷中，剩下的錢則裝進隨身的布包裡。對張娘子的好感瞬間升了上來，如此為客戶著想，實在難得。

兩人正說著話，門口傳來葛鴻發和一個中年男子的聲音。

「葛兄弟，你說的精巧玩意兒在哪啊？還說老哥我都沒見過，別是誆我的吧？」

喬月抬頭看去，只見他們口中的孫老闆是一個四、五十歲，蓄著鬍子的中年男人，兩人進了屋，葛鴻發指著桌上的竹編道：「孫大哥，你看這幾樣如何？」

孫老闆一下子就注意到桌上活靈活現的大公雞和精緻的花籃。他拿著大公雞細細看著，公雞身上的羽毛顏色豔麗，光滑柔順，編織所用的竹條細如銀針，他在洪安縣幹了十來年的竹編，這樣精緻的物件也是極為少見，最起碼洪安縣找不到有這樣手藝的師傅了。

僅僅是一隻大公雞就讓他驚訝了，接著看到地上立著的行李箱時，向來沈穩的孫老闆也

不由震驚地瞪大眼睛。

「竟如此心靈手巧！好東西啊！」孫老闆愛不釋手地摸著編花行李箱，要知道這個年代，人們出行最麻煩的就是攜帶東西了，包袱裝多了揹不動，木箱太沈也不方便，這拎在手裡輕巧的竹編箱子真真是個好東西！

「孫大哥覺得怎麼樣？」張娘子笑著問。

孫老闆點點頭，讚道：「好！是個好東西！」他看著張娘子問：「這是出自哪個名家之手啊？」

張娘子笑了幾聲，拿扇子輕指旁邊坐著的喬月，說道：「正是出自這位姑娘之手。」

「啊？這……」孫老闆這才注意到坐在一旁的喬月，她戴著薄紗頭巾，個子瘦小，坐在寬大的椅子裡存在感很弱。

孫老闆不可置信地看著喬月，不過是十二、三歲的小姑娘，竟有如此手藝，但是這幾件東西，非十來年的經驗做不出啊！

喬月微微一笑，說道：「不知孫老闆可收這幾件東西？」

孫老闆坐在椅子上看著行李箱。說實話，大公雞和花籃雖然精緻，但卻並非無人能做出來，不過是洪安縣沒有罷了，但是這行李箱……他也是走南闖北過的人，卻從未見過這個物件。

見他對行李箱感興趣，喬月站起身走到他面前說：「孫老闆，攜帶東西最讓人頭疼的就是笨重，您看。」

她拿過行李箱，從背包中拿出兩個製作好的小木輪，蹲下身將它安裝在箱子底部，拎起手邊的小馬扎當作槌子槌了幾下固定，站起身，輕輕鬆鬆拉著走。

三人都驚奇地看著她或拉或推，展示了行李箱更加輕鬆的使用方法。

「孫老闆，如何？」她笑著問。

「好！姑娘好手藝！」孫老闆大笑幾聲，看看張娘子和葛鴻發。「沒想到姑娘小小年紀竟心思奇巧，這手藝也是不凡啊！」

三人都不住地誇獎，喬月面上絲毫沒有得意驕傲的神色，不過是淡笑著又坐在椅子上。

說到價格，孫老闆臉上的笑容斂了斂，摩挲了一下手上的扳指，說道：「姑娘心中可有價位？」他把問題拋給喬月。

「既然孫老闆有意收下，不知這價格……」

喬月微微一笑，自然知道生意人講究的是利益最大化，她年紀小，老生意人一看便知道她沒有銷售路子，對於行情只怕也不了解，存了試探的心思。

「小女子不懂市場上的行情，孫老闆是老江湖了，東西值多少錢想必心中有數。」

喬月不卑不亢，絲毫沒有小姑娘的露怯和沒見過世面的緊張，她的手藝目前看來是獨一份，價格方面自然不能鬆口。

孫老闆一聽，心中對喬月的看法又改變了，他使了個眼色給張娘子，張娘子輕輕搖頭苦笑，表示這小姑娘可不好糊弄。

孫老闆咳嗽一聲，說道：「姑娘的手藝自是無雙，只是東西再好賣出去才能算數。」他沈吟片刻說道：「孫某願出五十兩購買這三樣東西。」

他臉上精明之色頓現，看著喬月的穿著打扮就知道她家中困難，如今很可能是急著要錢，殺價就要逮住機會。

喬月似笑非笑地看了他一眼，站起身麻利地把三樣東西裝進袋子，轉頭對張娘子道：「張姊姊，今日多謝妳了，我還是去別處看看吧。」

「哎哎！」孫老闆沒想到喬月拒絕得這麼乾脆，要知道五十兩可不是小數目，普通人家一年有二十兩銀子就過得很滋潤了，她一個鄉下來的小姑娘竟然不動心？

「姑娘留步、姑娘留步！」孫老闆急了，趕緊使眼色給張娘子。

張娘子會意，上前拉住喬月，笑道：「妹妹慢走，有什麼不滿意的地方咱們坐下慢慢談。」說著把喬月又拉了回來。

孫老闆沒想到這個小姑娘有不亞於成人的冷靜和精明，口齒清晰有條理，不滿意也不多說，直接就要走人，這讓他感到有些棘手。這年頭，做生意的不怕遇到討價還價的，反而是這種摸不透心思的最是難啃。

喬月對孫老闆說道：「孫老闆若是想做一錘子的買賣，那就請拿出讓我滿意的價格，我想，這洪安縣應該不只孫老闆一家鋪子。」

她面色有些不好看了，看人下菜碟什麼的最討厭了，見她一個窮苦的小女孩就要來殺一刀，真真是商人嘴臉。

張娘子斜了孫老闆一眼，彷彿在說「怎麼樣，翻車了吧，這姑娘可不好拿捏」。

孫老闆陪著笑，自然理解了喬月話裡的意思。她有手藝，今天來也是想找一家能長期合作的鋪子，若是自己不能讓她滿意，以後要是有什麼更好的東西，肯定不會考慮他的鋪子了。

「喬姑娘別生氣，咱們有話好商量。」他指著袋子說道：「孫某看中姑娘的手藝，這三樣東西，孫某出八十兩買下。」

這還差不多。

喬月面色好看了許多，點點頭道：「成交。」

交易成了，幾人臉上都露出笑容，孫老闆立刻回家取銀票送過來。「喬姑娘，日後若有什麼好東西，可要先來我店裡才是啊。」

喬月接過銀票檢查了一下，點頭道：「孫老闆放心就是。」

這一趟賺了快一百兩銀子，喬月開心極了，她來到牛車租用市場，花了三十兩買了一頭小毛驢。

這幾趟跑縣城，她的腳都走到起泡了，日後還少不得要經常去縣城，沒有代步的牛車或小毛驢怎麼行。

店主給喬月選的是一頭被閹掉的三歲公驢，體格健碩，脾氣也溫和，喬月又花了三兩銀子買了一副馬鞍和裝東西的掛袋。

「姑娘，這毛驢跟您還不熟，這幾天騎乘的時候要小心些，這畜牲要是倔起來恐怕會傷到人。」店主是個年紀有些大的老人，仔細交代著喬月。

「嗯，知道了，多謝店主。」喬月道了謝，牽著小毛驢走了。

有了毛驢，喬月能放心地買東西了。

首先要買的還是吃的，喬月一向不是個願意委屈自己的人，有了錢肯定要改善伙食。蘇家貧窮，家裡人不說面黃肌瘦，但也好不到哪裡去。

她低頭看看自己的小身板，跟個搓衣板似的，胳膊也細得可憐。雖然她在蘇家的日子已經過得很好了，但用現代人的眼光來看，喬月也就比難民要好一點。

蘇彥之一直體弱，在喬月看來就是營養不良導致的。

到了街頭的肉鋪，見案板上的肉所剩不多，喬月便全部買下，花了快兩百文錢。

「老闆，那副豬肺怎麼賣？」喬月指著被荷葉包住，放在水盆裡無人問津的豬肺。

「哦，呵呵，姑娘要豬肺啊，便宜點賣給姑娘，十五文錢。」店老闆提前賣完，心中高興，加上喬月幾次來買豬肉都很爽快，便將豬肺降價了些。

喬月點點頭，又掏出十五文錢遞給老闆。

第十一章

經人指引，喬月來到城西專門賣雜貨的一條街，漆鋪、鐵匠鋪、頭巾鋪、針線鋪、皮子加工鋪等各種鋪子都聚集在這裡。

喬月進了一家針線鋪，這裡的針線鋪和城東歡喜街的針線鋪不一樣，這裡的針線鋪賣的東西都很便宜，貨品都是普通人家用的，以棉麻為主。

她花了一兩銀子買了一疋質量稍好的棉布，又買了不少小東西，離開縣城的時候太陽都快西斜了。

「娘，我回來了！」喬月老遠就看見劉氏站在門口等自己，她揮手喊道。

劉氏聽見聲音看過去，映入眼簾的是一頭存在感極強的毛驢，喬月身形瘦弱，離毛驢又近，被遮住了一些，劉氏乍一眼竟沒瞧見人。

「娘！」喬月又喊了一聲，劉氏這才注意到女兒牽著一頭毛驢。

「老天爺啊，這是哪裡弄來的毛驢？」劉氏驚詫地喊了一聲，跑了過去。

「月兒，這毛驢哪裡來的？」劉氏問。

喬月把一個梨子塞進劉氏手中。「娘，吃個梨涼快一下，這梨水分很多，可甜了。」

「唉，又亂花錢，娘喝水就行了。」劉氏摸著手裡的梨子嗔怪道。

喬月摸著毛驢的大耳朵，回道：「娘，這是我買的毛驢，怎麼樣？漂亮吧！」她笑得得意，劉氏卻感覺眼前一黑。

這丫頭怎麼自從失憶後就這麼揮霍了，還買毛驢？這得花多少錢啊！

劉氏感覺心在滴血，在看到驢背上馱著的東西時伸手翻了一下，頓時感覺更心痛了。

「月兒，這不年不節的，怎麼買這麼多東西？」

喬月拉著劉氏的胳膊，小聲道：「娘，有錢！」

劉氏有些心塞，她點了一下女兒的額頭。「有錢不攢著，這麼揮霍？」

「哎喲！」喬月揉揉額頭，笑著道：「娘，女兒買的都是家裡要用的。」

劉氏指著五、六斤的豬肉，說道：「咱們家過年也沒買過這麼多肉啊！」她瞪著喬月的眼神裡寫滿了「敗家子」。

「嘿嘿，娘，我都買了，您就別說我了。」她拉著劉氏的胳膊撒嬌。「我給娘帶了好吃的荷花酥。」

「妳呀！」劉氏拿她沒辦法，搖了搖頭。

回到家，劉氏把小毛驢拴在院子裡，問道：「月兒，妳買毛驢做什麼？」難道是要養著等過年殺驢肉吃？

喬月道：「以後去縣裡給三哥送飯方便點，要是趕上下雨，有小毛驢就不怕路滑摔跤了。而且女兒這不是做了些手工嘛？總不能每次都揹著去縣裡吧。」她指了指自己的腳，可憐兮兮地說：「我的腳都起泡了。」

劉氏到底心疼女兒，聽她這樣說一半原因還是為了蘇彥之，不由覺得這驢買得對。

喬月把兩個大布包從毛驢身上拿下來，對劉氏道：「娘，咱們去房間。」她指了指胸口，劉氏會意，拴好繩子後與喬月進了房間。

「這是今天賣手工賺的錢，一共九十七兩銀子，扣掉買東西的錢，還剩幾十兩，您拿著。」

劉氏震驚地看著手中的銀票和碎銀子，腦中一片空白。

喬月拿回家的錢一次比一次多，這可是三、四十兩啊！他們家不吃不喝要好幾年才能賺得到，喬月這十來天的工夫就賺到了？

「月兒，這……」劉氏拿著錢的手都有些顫抖了，她來蘇家幾十年了，手中還從未一次拿過這麼多錢。

「娘，這些錢您好好攢著，虎子年紀也不小了，這兩年就要議親了，花錢的地方多著呢。」

劉氏心中五味雜陳，半晌才說道：「妳比虎子還小呢。」

喬月笑著露出潔白的牙齒。「誰叫我是姑姑呢，大哥和二哥從小就疼我，現在妹妹能掙錢了理應報答。」

劉氏摸摸女兒的手，眼角泛起淚光。

喬月受不了這煽情的場面，推著劉氏道：「娘，趕快把銀子收好，咱們去處理肉，晚上做好吃的。」

「好好好！妳這小饞貓，就知道吃！」劉氏轉過身擦了擦眼角，把銀子用布包好走到床後面，將一個小櫃子挪開，再搬開石頭，露出下面放著的木匣。

喬月買了五斤多的肉，劉氏切了兩斤，剩下的用菜葉包好裝進籃子吊入屋後的小井中。

蘇家屋後的小水井還是劉氏的公公在世時挖的，是家中飲水的水源。

劉氏蹲在地上洗肉，見喬月拿著豬肺在清洗，便問道：「月兒，妳買那個做什麼，沒什麼吃頭，燉或炒都難吃。」

喬月正在往每一根肺管中灌水，這是清洗豬肺最重要的一步，不徹底清洗乾淨，做出來的豬肺是很難吃的。

「娘，等等我炒好您嚐嚐就知道了。」喬月道。

「好，要是難吃，娘可不依妳。我看啊，就是賣肉的看妳是小孩，這沒人要的東西就賣給妳。劉氏嘀嘀咕咕地，覺得女兒上當了，十五文錢買豬肺，還不如買點雞蛋實在。

喬月把灌滿水的豬肺管一根根剪開清洗乾淨，拿去廚房讓劉氏一起切。

日暮西垂，地裡幹活的人收拾農具準備回家。

劉氏把發好的麵團揉好，切成饅頭放在蒸籠裡，架在鍋上蒸。

兩斤肉不夠一家人分，劉氏還是把肉做成了肉湯，加上雞蛋和蒜葉，香氣四溢，用銅盆盛起來放在一邊。

喬月將爆炒豬肺需要的材料準備好，鍋裡放了幾塊切下來的肥肉榨了油，把生薑、大蒜和買來的紅色尖椒放進去爆香，切好的肺片下鍋，翻炒片刻，淋上黃酒，一股熱辣辣的香味便升了起來。

「咳咳！咳咳咳咳！」劉氏坐在下面燒火，冷不防一陣嗆人的味道直衝鼻間，她猛地劇烈咳嗽起來，捂著嘴逃也似的跑出廚房。

「咳咳！阿嚏——」劉氏站在院子裡打著噴嚏，眼淚都被逼出來了。

「哎喲，娘，這是什麼味道啊？怎麼這麼嗆人！」從地裡幹活回來的幾人都聞到這股嗆人的味道，不由拿手搧了起來，徐氏皺眉問道。

劉氏擦了擦眼淚，說道：「是月兒今天買了豬肺，正在炒呢。」

他們極少吃辣椒，平常吃到的辣椒不過是菜園裡種的菜椒，一點辣味也沒有，全當蔬菜吃了，辣味這麼重的辣椒只有縣裡才賣，不過價格昂貴，他們從沒買過。

「這還能吃嗎？」趙氏小聲嘀咕著，一群人站在外面被嗆得不敢靠近，全都進堂屋去了。

爆炒豬肺的重點就在於鹹辣，內臟本身有一股獨特的味道，只有下料爆炒成重口味，才會好吃又下飯。

見炒得差不多了，喬月把切好的蒜葉放進去，倒上一些家裡自製的醬油，翻炒幾下後就出鍋。

飯菜都燒好了，等了一會兒，蘇彥之也回來了。

飯桌上，眾人都喝著碗裡的雞蛋肉湯吃著蔬菜，盤子裡的豬肺沒一個人動。

喬月道：「這個很好吃的，你們嚐嚐看。」

「呃……好、好。」

「我們一會兒吃，小妹喜歡就多吃點。」

幾人都不相信那麼嗆人的東西會好吃。

喬月有些沮喪，有一種好吃的東西分享不出去的憋屈感。

突然，一雙筷子從眼前伸了過去，挾起一塊豬肺。

喬月看過去，是坐在旁邊蘇彥之，他挾起豬肺放進口中咀嚼幾下，說道：「很好吃，就是辣了點。」

「真的嗎？」喬月笑了起來。「那三哥多吃點。」

「嗯。」蘇彥之又挾了幾筷子。

劉氏詫異地看了兒子一眼，提起筷子道：「吃，大家都吃吃看。」

眾人這才動了筷子。

「哇！好辣！好好吃！」虎子吃了一大口，剛一嚼，麻辣鮮香的滋味在舌尖炸開，這是他從未吃過的味道。

幾個大人嚐了味道，眼睛也是一亮，沒想到難吃的豬肺竟然被炒得這麼好吃！

一桌人你一筷子、他一筷子的吃，被辣得直吸氣還不停嘴，直呼爽快。不消片刻，一盤子竟然就見了底。

「哎呀，小妹的手藝真好，這腥臭的豬肺竟然也炒得這麼好吃，鮮香麻辣，吃了還想吃啊！」蘇二郎嘴唇被辣得紅紅的，趕緊咬了幾口饅頭。

劉氏斜了他一眼。「還不是你妹妹心疼你們幹活辛苦，今兒個又是買肉又是親自下廚做好吃的。」

蘇大郎和蘇二郎立刻道：「辛苦妹妹了。」

喬月笑著搖搖頭。

吃過晚飯，各自漱洗後便回了房間。

趙氏坐在床上縫補今日被樹枝劃破的衣裳，看著躺在床上的蘇二郎，說道：「二郎，你看到院子裡的毛驢了嗎？那是小妹買的。」

蘇二郎沒好氣道：「那麼大一頭驢，我會看不見嗎？」

趙氏放下針擰了他一把，氣呼呼道：「你怎麼聽不懂我話裡的意思呢！」她正色道：「一頭毛驢少說也要三、四十兩銀子，小妹哪來這麼多銀子？」

蘇二郎揉著胳膊，說道：「小妹不是在做竹編嗎？娘說賺了點錢。」

趙氏臉色頓時不好看了，怎麼自家男人的腦袋跟個榆木疙瘩似的，她沒有心情補衣裳了，推了推他道：「娘說小妹會竹編是昏迷時作夢，老神仙教的，你覺得可信嗎？」

蘇二郎道：「可不可信又如何？小妹是娘的心頭肉，現在又一心為家裡賺錢，妳想幹什麼？」

他坐起身看著自己婆娘，說道：「她買的肉妳也有吃，別忘了她為了家裡連頭髮都賣了。」

趙氏見蘇二郎臉色不好看，這才意識到自己說錯了話，連忙笑著道：「我只是說說，沒別的意思，小妹這也算是因禍得福了，雖然失憶了，卻得到吃飯的手藝。」

蘇二郎哼了一聲。

趙氏湊過去說道：「既然咱們都是一家人，我有個想法，你看看怎麼樣？」

第十二章

「妳說讓虎子跟著小妹學手藝？」蘇二郎皺著眉說道。

趙氏點點頭。「虎子的年紀也不小了，過兩年就要議親了，要是有個手藝傍身，那不就不用愁了嗎。」

蘇二郎覺得趙氏說的有道理，只是他擔心喬月不願意。「小妹知道這件事嗎？她會不會不同意？」

畢竟這是一門賺錢的手藝，雖說都是一家人，但小妹終究是要嫁人的，有了這賺錢的手藝，將來在婆家的地位自是不用說。

趙氏也正是擔心這點這才先跟蘇二郎商量，她說道：「小妹最受娘的疼愛，也聽娘的話，不如你先去跟娘說。」

蘇二郎有些猶豫，趙氏卻突然抹起了眼淚。「咱們在地裡一年到頭能刨幾個錢，你忍心看著兒子以後也這麼辛苦嗎？連給自己媳婦買件衣裳的錢都沒有。」

蘇老爺子去世，只剩下劉氏一人，加上家裡的三弟和小妹都還沒成親，短時間是不會分家的，她不得不為自己的小家考慮。

「三弟讀書勤奮，在書院的成績也好，將來是要做大官的。大房兩個女兒，日後都嫁出去了也是一身輕，咱們只有一個兒子，難道還不多為兒子著想嗎？」

「好了好了，別哭了，我這就去找娘說，行了吧！」蘇二郎安慰了妻子一番，穿上衣裳推門出去了。

蘇二郎走進劉氏房間時，恰好被出來上茅廁的徐氏看到了，她疑惑這麼晚了蘇二郎去幹什麼，便悄悄躲在門口偷聽。

約莫一刻鐘後，聽見屋內的談話聲結束，徐氏冷著一張臉快步回到房間。

她重重往床上一坐，看著已經睡著的男人，氣不打一處來，狠狠掐了蘇大郎腰間的軟肉一下。「一天到晚沒心沒肺，上床就睡！」

蘇大郎被疼醒，皺著眉道：「妳不睡覺掐我幹麼？」

徐氏氣呼呼道：「方才二弟去了娘的房間！」

「啊？怎麼了？」

徐氏哼了一聲。「還怎麼了？二弟讓娘去跟小妹說，讓小妹教虎子竹編的手藝。」

「哦，那挺好啊，虎子日後也是家裡的頂梁柱，學一門手藝也很好。」

徐氏柳眉倒豎，瞪著眼睛道：「對二房倒是好處大得很，對咱們可就一點也不好了。」

蘇大郎看著她說道：「咱們就兩個女兒，日後要嫁人，娘肯定不會同意讓她們一起學手藝的。」

徐氏一聽，火氣頓時散了大半，愣愣地坐在那裡。對呀，自己只有兩個女兒，家裡這麼賺錢的手藝怎麼會讓女兒學習呢，自古以來家中的手藝都是傳男不傳女的。

想到這裡，徐氏不由悲從中來，狠狠捶了兩下自己這不爭氣的肚皮，眼淚流了出來。

蘇大郎見徐氏難過，嘆了口氣道：「孩子她娘，別想那麼多了，咱們種田種地也能生活。」

他抱著徐氏躺下。「快睡吧。」

第二天吃過早飯，家裡人又去下地了，劉氏到喬月房裡，見她正忙著，便坐了下來。

「娘，怎麼了？」喬月見她半天不說話，不由問道。

劉氏笑了一聲，遲疑著開口道：「月兒，昨天晚上妳二哥來找我，說想讓虎子跟妳學竹編。」

喬月「哦」了一聲，劉氏怕她不高興，趕緊又道：「娘知道這是妳自己的本事，妳只要教虎子一點能吃飯的手藝就夠了，編個籃子、籮筐什麼的。」

劉氏擔心女兒會往不好的地方想，覺得他們是在惦記她的手藝，眼紅她賺錢。

沒想到喬月很爽快的點頭道：「好啊，就讓虎子跟著我學，以後還能幫家裡多賺一點錢。」

劉氏大喜，高興地說：「月兒，真的嗎？妳願意讓虎子跟著妳學？」

「嗯，真的，娘，咱們都是一家人，竹編辛苦，我擔心虎子不願意學才一直沒提出來，要不然我早教他了。」

劉氏見女兒一心為家裡著想，心中溫暖得不得了，高興道：「等中午妳二哥他們回來了我告訴他們，一定讓虎子跟著妳好好學。」

「嗯，好。」

喬月會這麼爽快的答應，一部分原因的確是為了家裡考慮。蘇家一直以來都是靠大房和二房賺錢養家和供蘇彥之讀書，一年到頭也攢不下幾個錢。

還有一部分原因是因為喬月自己，光靠她一個人編織，一天下來也編不了多少東西，她要把古現結合的技術在這裡發展，將來慢慢做大賺錢，最重要的就是要培養竹編的手藝人。

自己找徒弟總不比自家人來的放心，而且經她觀察，虎子也是個老實本分的好孩子，這手藝教他也放心。

蘇二郎夫妻得知喬月願意教虎子竹編都十分高興，當下便拉著虎子恭恭敬敬地按拜師的禮儀拜了喬月，承諾一定吃苦耐勞跟著喬月好好學。

這一頭蘇二郎夫妻高興了，那邊的徐氏酸得嘴巴都發苦了。

有了虎子的加入，喬月手上的活兒明顯輕鬆不少，上山砍竹、劈竹虎子全都包了，十幾歲的小夥子身強力壯，一天下來竹子就堆了半個院子。

幾天後。

「哎呀，自從家裡做竹編，這燒火的柴都不用去打了。」劉氏收拾著虎子劈篾下來的廢料說道。

喬月站在一旁指導虎子要修哪幾種常用的竹篾尺寸，虎子認真地聽著，喬月聞言笑道：「是啊，娘，正好省了打柴的辛苦，這黃竹條還很好燒。」

劉氏笑著點頭，喬月走到小毛驢的身旁摸了摸牠，又餵了點新鮮的青草。毛驢脾氣溫順，與喬月很親近，不停用腦袋蹭喬月。

「娘，時候不早了，我去做飯了，一會兒給三哥送去。」喬月道。

劉氏抱著黃竹條說道：「還是讓虎子送去吧，天氣熱，妳別去曬了。」

喬月笑著拍拍毛驢。「娘，有元寶呢，買牠就是為了代步嘛！」

去縣城來回就要一個多時辰，這還是不休息的狀態，跑了幾趟喬月就頂不住了，這大熱天的要是天天跑非中暑不可。

劉氏點點頭。「那好吧，娘去煮飯，我把肉放在案板上了，妳看著做就是了。」

「好。」喬月點了點頭，挽起袖子往廚房去了。

把豇豆肉絲和青菜雞蛋湯裝在小背簍裡，喬月牽著毛驢準備出發。

「月兒，天氣熱，把這個戴上。」劉氏從屋裡拿出一頂草帽給喬月。

「謝謝娘，那我走了。」

「嗯，早去早回。」

喬月翻身騎上小毛驢。「知道了，娘。」

喬月騎著毛驢往縣城去，毛驢走起路來不疾不徐，若不是喬月拿著鞭子不時地驅趕一下，只怕走得更慢。

沿途見到幾個村裡的人，都對她報以奇怪的眼神，不時還嘀咕著什麼，喬月面不改色，只裝作沒看見，反正她失憶的事很多人都知道，不打招呼也沒人說什麼，正好自在。

騎著驢子就是舒服，前幾次因為著急趕路，從沒看過沿途的風景，喬月發現這裡和她隱居的地方很像，山明水秀，路邊就是稻田，一片翠綠，四周的樹木也多，到處都是綠油油的，沒有汽車和工業廢氣的污染，空氣清新好聞。

雖說是夏天，但由於大片茂密的樹木，實際溫度也沒有特別高，許是還沒到三伏天，這大中午的不走路也還能忍受。

蘇彥之讀書的地方叫天文書院，是洪安縣唯一一家書院。

午初二刻，學院午休的鐘聲響起，蘇彥之收拾好書本往書院外走去。

「蘇兄，等等我。」跟上來的周勤道：「今日還是家中送飯嗎？」

蘇彥之點點頭，周勤「哦」了一聲，兩人一起走到書院外面搭的草棚，尋了一個無人的座位。

這處涼棚位於書院右側的大榕樹下，是書院專門搭建給送飯的人等候的地方。書院也提供午飯，但一年要多交三兩銀子。

書院有很多家中不寬裕的學生，除了自帶乾糧就是家裡人來送飯。

他們剛坐下不久，陸陸續續來了七、八個學生坐著等待。

周勤家中困苦，只帶一、兩個小餅，中午的時候便出來買一碗一文錢的綠豆湯就著小餅吃。

等了約莫一盞茶的時間，騎著小毛驢的喬月出現在視野中。

「三哥。」喬月翻身下來，牽著毛驢走了過去。

蘇彥之見是她送飯，不由問道：「今日虎子不在家嗎？」

喬月把背簍拿下來，說道：「在家學竹編呢，路遠，我騎元寶快一點。」

蘇彥之點點頭，沒再說什麼，接過背簍坐了下來。

喬月把元寶拴在大榕樹上，摘下草帽坐在蘇彥之身邊。

周勤端著綠豆湯回來的時候，見蘇彥之身旁坐了一個姑娘，走過去道：「蘇兄，這是你妹妹嗎？」

蘇彥之點點頭，介紹道：「這是我小妹，這位是周兄。」

喬月微笑著喊了聲周大哥，周勤看她戴著頭巾沒看清容貌，不由多看了兩眼，這才注意到她右邊臉頰上的胎記。

喬月皺皺眉低下了腦袋，心中有些不悅，雖然她不是很在意臉上的胎記，但被別人盯著看，還是感到不太舒服。

蘇彥之咳嗽了兩聲，周勤意識到不妥，連忙收回目光說了聲抱歉。

周勤在心中責怪自己太失禮了。

第十三章

蘇彥之解開包著飯菜的布包，把飯菜的蓋子打開，天氣熱，飯菜還留有餘溫。

他吃了一口肉絲豇豆，頓了一下，看了喬月一眼。

「怎麼了？不好吃嗎？」喬月問。應該不會吧，她用粉拌了肉絲，應該挺嫩的。

蘇彥之搖搖頭。「不是，味道很好。」

他看著喬月問道：「妳吃過午飯了嗎？」

喬月搖了搖頭。「我回去再吃，娘會給我留飯。」

「哦。」

旁邊喝綠豆湯的周勤羨慕地看著蘇彥之，這幾日他家中都來送飯了，每天都有肉有湯。

他想起前些日子蘇彥之暈倒的事情，心中湧起愧疚。自己家境不好，上個月父親不小心摔斷了腿，家中只靠著母親一人紡線補貼家用，家中弟妹年幼，他有好幾天都沒帶午飯，還是蘇彥之分給他吃的，沒想到就被餓暈了。

喬月暗暗打量著周勤，只見他安靜地吃著兩塊巴掌大的小餅，一身灰藍色的長衫，袖口和肩膀處都打了好幾個補丁，腳上的鞋子也破了洞，面黃肌瘦的，看起來比蘇彥之嚴重多了。

唉！

她在心中嘆了口氣，這個時代的人雖說沒有買房買車的壓力，但是日子也過得緊巴巴，工作的機會極少，家中砸鍋賣鐵都想供一個讀書人出來，而每一次的考試都如同千軍萬馬過獨木橋，可想而知這些家境貧寒的學子身上的壓力也非同一般。

喬月打量了一下四周，站起身往不遠處的攤子走去。

「店家，來四個素包子。」喬月道。

胖乎乎的大娘面相和善，「哎」了一聲，麻利地包了四個包子遞給喬月。

這頭，蘇彥之已經吃完了飯菜，他生性節儉，飯菜一點都沒浪費，見喬月走過去，把收拾好的背簍遞了過去，說道：「我回書院了。」

喬月把幾個包子塞進蘇彥之的懷裡。「三哥，這包子你拿著，下午餓了可以吃。」

蘇彥之皺眉。「太多了，一個就夠了，剩下的妳吃。」

喬月按住了他欲打開白菜葉的手。「不用了，我回家吃飯，三哥要是吃不完可以分給同窗。」

說完，不待蘇彥之再說話，揹上背簍牽著元寶離開了。

「蘇兄，你妹妹走了。」周勤把碗還給店家，回來就見到喬月離開的背影。

「嗯。」蘇彥之淡淡應了一聲。「咱們走吧。」

周勤看到他手中拿著的包子，不由感嘆道：「你妹妹真好！」

蘇彥之頓了一下，抬腳進了書院。

接下來幾天，喬月每天去送飯，臨走時都會買幾個包子給蘇彥之，用的都是那一套說辭，幾次下來，蘇彥之便感覺到了不對勁。

下午課休的時候，周勤和蘇彥之坐在書院涼亭裡，拿著蘇彥之給自己的包子咬了一口。

「蘇兄，你妹妹對你真好，天天給你送飯，還給你買包子吃。」周勤語氣羨慕，復又跟他道謝。「連我也跟著沾光了。」

蘇彥之總是吃不完，便會分給周勤，以往周勤中午吃兩個小餅，每天都要挨餓回家，這幾天都在吃包子，再沒有挨餓了。

想到這裡，周勤越發感謝蘇彥之，他們是剛進書院的時候認識的，家庭條件差不多，說話也投機，慢慢就成了好朋友。

蘇彥之話不多，每日只埋頭苦讀，每天下學後還去街上寫信賺錢，周勤跟著他，每天也有一、兩文錢的收入。

蘇彥之為人仗義，不僅在課業上幫助自己，生活上也對自己多有照顧。

想到這裡，他問道：「蘇兄，你們家現在地裡的活忙嗎？」

蘇彥之點點頭。「這兩天就要準備割小麥了。」每年的這個時候他都會跟夫子請假回家幫忙。

「蘇兄，明日我去你家幫忙。」周勤道。一直以來都是蘇彥之幫自己，自己能幫忙的也就只有幹點農活了。

蘇彥之沒有拒絕，朋友之間本就應該互相幫助，有來有往關係才會維持長久。

第二天早上天剛亮，蘇家幾個年輕力壯的男人就拿著鐮刀下地了。

蘇彥之換上一身破舊的衣裳，站在門口往遠處看。

「三哥，你在等人？」喬月收拾著昨晚眾人換洗下來的衣裳，見蘇彥之還沒走，不由疑惑問道。

蘇彥之點點頭。「周勤說要來幫忙。」

「哦。」喬月點點頭。

蕓娘用兩個木桶裝衣裳挑了起來，喬月年紀比她小，人也瘦弱一點，就跟在後面拎著洗刷的用具。

喬月剛走到門外就瞧見一個年輕書生穿著灰色的短打，拎著一個小包裹往這邊快步走來。

「蘇兄，抱歉抱歉，來遲了一點。」

周勤擦擦額頭上的汗，站在那裡平復呼吸。

蘇彥之道：「周兄說的哪裡話，趕路辛苦了，還是先進屋裡休息一會兒。」

周勤擺擺手。「不用了，我不累。」

旁邊的喬月微笑著喊了一聲「周大哥」。

周勤看著她也露出微笑，把手中提著的東西遞了過去。「喬月妹妹，這是我娘做的米糕，我帶來給妳嚐嚐。」

周勤知道自己每天吃的包子雖然是蘇彥之給自己的，但是買包子的人是喬月，這份情自己也要記著。

「多謝周大哥。」喬月笑咪咪地伸手接過，遞給了站在門口的二丫，讓她拿回去。送了幾天的飯，喬月和周勤也熟悉起來，說話也自然了很多。

周勤見到喬月對自己笑，心中頓時放鬆下來。對於第一次見面就不禮貌的行為，周勤一直記在心裡，這幾天一直想找機會道歉，無奈喬月似乎不太想搭理他，中午送了飯就坐在一邊和那頭毛驢說話玩耍。

他以為喬月是生氣了，問過蘇彥之，可蘇彥之卻說不清楚，他也不是很了解這個妹妹。

今天他特意帶了娘親做的米糕送給喬月表示歉意，米糕甜，想來女孩子都愛吃，看喬月的模樣，證明自己送對了。

「喬月妹妹，這米糕裡面加了糖，味道……」

「好了，周兄，咱們該走了。」蘇彥之覺得周勤笑得有些扎眼，他面無表情地打斷他的話，拉著他的胳膊往麥地的方向去。

「哎、哎。」周勤扭過頭還要說什麼，蘇彥之的步伐走得更快了。

喬月笑了笑，跑了幾步追上前面的蕓娘。

蘇家十畝地裡全都種滿了小麥，風一吹，大片的小麥成了金色的麥浪。正值小麥收割的季節，秋山村家家戶戶都下地開始收割小麥。

洗完衣裳回家，蕓娘在院子外的樹上繫了麻繩晾衣服，院子裡要用來堆放小麥。

喬月和劉氏在廚房做早飯，喬月站在桌子旁擀麵，每年到了小麥上市的時候，麵粉的價格都會降下來一點。昨天她去縣裡買了幾十斤的白麵，吃了半個月的粗麵實在吃不下了，在劉氏心疼的目光中足足舀了好幾海碗。

喬月以前就愛吃爺爺烙的蔥油餅，跟著爺爺時間長了便也學會了。

烙餅最重要的就是和麵和揉麵，想要做出柔軟有層次的麵餅，和麵的時候把麵粉分為兩半，一半用涼水，一半用熱水，後面稍微揉一下，麵團會非常光滑柔軟。

劉氏把洗好晾乾的小蔥切碎了給喬月用。

只見喬月把醒好的麵團擀成一張薄餅，刷上一層油酥，撒上小蔥，用刀切成均勻的八片，在把每一片疊在一起後再擀成一張薄餅。

「娘，燒火啦！」喬月喊了一聲，劉氏坐在灶下燒起了火，喬月從櫥櫃裡拿出香油，用棕毛刷在鍋底刷了一層油。

溫度升高，喬月把麵餅沿著鍋子貼了一圈，又在麵餅的表面刷上一層油用來鎖住水分。

「哎喲，月兒，妳怎麼用那麼多油！」劉氏站在旁邊看著喬月用油跟用水似的，心疼壞了。

喬月無奈一笑。「娘，沒用多少油，您看，我只是拿刷子薄薄地刷了一層。」她用手比劃著，笑著道：「這樣做出來的麵餅可好吃呢。」

劉氏瞪了喬月一眼，說道：「用這麼多油就是烙樹皮也好吃。」

喬月嘿嘿笑了一聲，聞到了麵餅發出的香味，趕緊揭開鍋蓋，蒸騰的熱氣中充滿了麵餅的甜香味。

鍋中的麵餅一個個都充氣鼓了起來，白白胖胖的。

嗯，不愧是全綠色食品，這麵粉就是比現代的要香。

喬月滿意地點頭，拿筷子依次把麵餅翻了面，再烙上片刻。

劉氏還在嘀咕著心疼油，喬月把烙好的麵餅裝盤，挾起一個遞到劉氏眼前。「娘，您嚐嚐看味道怎麼樣？」

麵餅的兩面烙得金黃，冒著熱氣看上去十分柔軟，劉氏也不禁吞了吞口水。蘇家常年吃粗麵饅頭，烙的餅也是粗麵的，味道實在說不上好。

她伸手推了推。「我不吃，待會兒妳大哥他們回來肯定餓得慌，還是留給他們吃。」劉氏不用下地幹活，只在家裡做些家務事，一般家中有什麼好吃的，她都會留著給兒子和兒媳吃。

喬月不由分說把麵餅往劉氏嘴邊一遞。「娘，您吃吧，哥哥們保證吃得夠。」

劉氏無奈一笑，只得接過喬月遞過來的餅。

忽然，喬月瞥見廚房的門邊上扒著一個人。

「二丫，妳在幹什麼？」是大房的小女兒二丫，她雙手扒著門，眼巴巴地盯著桌上的麵餅，不住地吞口水。

聽見喬月叫她，二丫明顯有些緊張，她垂下手往後退了幾步，緊張地看著喬月，害怕喬月會罵她。

喬月雖然只比二丫大一歲，但靈魂畢竟是成人，見她這樣便笑著道：「二丫過來，姑姑給妳吃麵餅，可香了。」

她拿了兩個麵餅走出去，二丫的眼睛便黏在了上面。

「喏，拿回去，跟妳姊姊一人一個。」喬月摸摸她的腦袋，笑著道。

劉氏看著她小大人的模樣，臉上不由露出笑容。她的月兒越來越會關心人了呢。

第十四章

「蘇兄，你妹妹手藝真好！」周勤和蘇彥之坐在院子大樹下的石桌邊，周勤吃著手裡的蔥油餅，語氣羨慕。

蘇彥之奇怪地看了他一眼，端起碗挾了些鹹菜，說道：「你今日提到她很多次了。」

周勤嘴巴一頓，笑著道：「羨慕你啊，有這麼一個心靈手巧的妹妹。」三兩口就吃掉了一個又香又酥的餅子，他又伸手拿了一個。「要是我也有這樣一個妹妹就好了。」

蘇彥之的手頓住了，看著周勤的眼神變得奇怪。「我妹妹今年才十二歲。」

周勤納悶地看著他，不明白他突然說這個幹什麼，接口道：「我知道啊，你說過。」

他嗷嗚嗷嗚地接連消滅了七個餅，手都伸到蘇彥之的盤子裡了。

「少吃點，小心積食。」蘇彥之慢條斯理地咀嚼著麵餅，小蔥的香味和麵餅的柔韌結合在一起，薄薄的餅皮酥到掉渣。

蘇彥之抬頭看了眼屋裡的人，飯桌上兩大碟的麵餅已經被吃完了，虎子似乎沒吃飽，正晃著喬月的胳膊讓她再烙幾張。

他的目光落在喬月的身上，她被虎子扯著笑得很開心，滿口答應著，坐在上首的劉氏一個眼刀過去，虎子頓時安靜了。

早飯過後，眾人又都下地了，劉氏帶著喬月和蕓娘收拾碗筷和準備午飯。

「蕓娘，去和妳小姑一起處理田螺。」坐在廊下擇菜的劉氏見喬月坐在石桌邊拾掇田螺，扭頭朝屋裡喊了一身。

蕓娘應了一聲從房間裡走了出來，她走到喬月身邊，見她正拿著剪刀在剪田螺的尾部，好奇地問：「小姑，妳弄這個做什麼？餵鴨子不用剪的。」

喬月微微一笑，說道：「不是餵鴨子的，是中午煮來吃的。」

「這個人也可以吃嗎？」蕓娘驚訝地瞪圓了眼睛。

水田和小溪裡有很多田螺，大家都是撿來餵雞鴨，從沒聽說人也可以吃，況且這是小溪裡的田螺，個頭又很小，能吃到什麼？

她學著喬月拿剪子一起剪。

「嗯，可以吃，等我做好了妳嚐嚐。」

田螺是喬月昨天撿回來的，她見小溪裡的螺有很多卻沒人撿，她便拎著水桶撿了半桶，個頭雖然小點但勝在數量多。劉氏一開始還以為她是撿回來餵鴨子的，都倒在地上準備拍扁，被喬月及時攔下。

田螺做起來容易，吐沙一天，再把螺殼的表面搓洗乾淨剪去尾部就能使用了。

天氣炎熱，劉氏摘了幾個番茄準備中午煮雞蛋湯。

有了上一次炒豬肺的經歷，劉氏麻利地把湯燒好便將廚房交給了喬月。

鍋中放油燒熱，薑蒜切片放進去爆香，倒入小田螺，撒上鹽，淋上黃酒，翻炒片刻後加入辣椒和自製的豆瓣醬，鮮辣嗆人的香味升了起來。

劉氏坐在院子裡和芸娘面面相覷，芸娘吸了吸鼻子，聞到空氣中辛辣的味道，雖然嗆人，但是這味道彷彿帶了魔力，讓人不由自主就會吞口水。

見炒得差不多了，喬月往鍋中加了一些水，蓋上鍋蓋開始燜煮，野生的食材要經過充分的高溫煮製，吃起來才安全。

燒了約莫一刻鐘的時間，鍋裡的湯汁已經燒得只剩下三分之一了，喬月挾起一個田螺吸了一口，鮮香麻辣的湯汁在舌尖炸開，田螺肉被濃郁的湯汁浸透，滋味十足。

見喬月把田螺炒好了，劉氏讓芸娘去地裡喊眾人回來吃午飯。

蘇大郎和蘇二郎挑著小麥進了院子，虎子走在後面拿著工具，一進院子就聞到一股熟悉的辣香味。

「哇！小姑又做什麼好吃的東西了？」虎子叫了一聲，迫不及待地往廚房跑去。

眾人對前幾天的豬肺已經很驚訝了，當喬月把田螺端上桌的時候，幾人的表情更加奇怪。若說豬肺可能會難吃，那這田螺便是不知道該如何下口了。

「這……該如何吃？」周勤看著面前小碗裡的田螺，戳了戳蘇彥之小聲地問。

眾人齊齊看向喬月，喬月微微一笑，用手拿起一個田螺，說道：「這個吸一下就能吃到了。」她示範一遍，一下就吸出了螺肉，用手掐掉後面一截。「這一截不能吃。」

眾人學著喬月的樣子吸著田螺，頓時，飯桌上充滿了此起彼伏的吸螺聲。

「好吃！太好吃了！」虎子吃得滿手油，被辣得都噴汗了還停不下來。

蘇彥之吃飯一向斯文，拿著田螺半天不知道該怎麼下嘴，旁邊的周勤倒是已經愉快地吃上了。

喬月看著他皺眉為難的模樣，心中一樂。

「三哥，用這個把螺肉挑出來也可以。」她起身把買回來的一包牙籤拿了過來，遞了幾根給蘇彥之。

蘇彥之眉頭一鬆，有些驚訝地看著喬月，沒想到她會注意到自己。

「多謝。」他淡淡笑了一下，伸手接過牙籤。

一碗接著一碗，一大盆田螺半個時辰就被消滅乾淨了，飯量大的虎子連田螺湯都用來泡飯吃了。

周勤摸著吃撐的肚子，滿足地嘆了口氣，伸手拍了拍蘇彥之道：「蘇兄，跟著你沾光了。」

第十五章

忙碌了四、五天，地裡的麥子終於割完挑回家了，周勤連著幫忙這麼多天，劉氏很是感激。

院子裡。

「周勤，這幾天辛苦你了，這是家裡做的一點吃食，你帶著路上吃。」劉氏拿著一個小竹籃，裡面用乾淨的白菜葉包了幾樣糕餅。

周勤笑著接了過來，說道：「多謝嬸子。」

蘇彥之面色柔和，這幾天頂著太陽下地，周勤的皮膚都曬黑了，他拿出一沓裝訂好的紙張遞過去道：「周兄，這是我做的筆記，這幾天耽誤你的課業了。」

「多謝蘇兄。」

周勤趕緊接了過來，小心地放在籃子裡。蘇彥之在書院的成績一直是名列前茅，就連夫子都說蘇彥之的天資極佳，他的筆記含金量有多高，周勤自然清楚。

他和蘇彥之是同一年入書院讀書的，他的成績不過平平，這大半年幸得蘇彥之的幫助，成績提高不少，寫出來的文章也得到過夫子的誇讚。

因此，周勤對於蘇彥之也是盡自己所能的幫助。

劉氏對勤勞能幹的周勤印象很不錯，加上他又是三郎的同窗，態度更加親切了，她笑咪咪地說：「周勤，以後有時間就和三郎來家裡坐坐。」

周勤笑著點頭。「嬸子，我會的。」

幾人走到了院子外，喬月突然走了出來。

「周大哥，等一下。」她叫住了正欲轉身離開的周勤。

「今兒個太陽大，周大哥戴著帽子遮一遮。」她把一頂輕巧的竹編帽子遞給周勤。帽子是淡青色的，帽簷染了一圈藍色，輕巧又好看。

周勤笑得眼睛都瞇了起來。「多謝小妹。」這幾天混熟了，他也跟著蘇彥之叫了起來。

喬月對他的印象也很不錯，周勤性格活潑，與話少的蘇彥之做朋友非常合適，這幾天被他影響，蘇彥之在家說的話都多了不少。

「太陽大，小妹回去吧，我走了。」周勤道。

喬月點點頭。「周大哥路上小心些。」

芳容閣。

張娘子站在櫃檯後，望眼欲穿地盯著街道，一手托腮，一手無聊地扒拉著盒子裡的珠子。

「張娘子在看什麼呢？」

孫老闆拿著摺扇，不疾不徐地走了過來，站在門口順著張娘子的視線看著空空如也的街道。

「這大熱天的，街上可一個人也沒有啊！」

張娘子看了他一眼，嘆了口氣道：「唉，孫大哥怎還明知故問了，這大中午的，不在家納涼到我這來做什麼？」

聽見兩人說話，葛鴻發從後面走了出來，招呼著孫老闆坐下，倒了杯水遞過去。

孫老闆「啪」的一聲收起摺扇，端起茶盞抿了一口，道：「哎呀，這喬姑娘這麼多天怎麼還沒過來？」

他店裡天天都有人來問行李箱的事，上次他把行李箱拿回去，剛進店門就被一個老顧客看中了，說是正好買了上京用，竹編的行李箱又輕又好看，關鍵是還能拉著走，這大大省了力氣，很適合一個人用。

這位老顧客也是他生意上的朋友，主要經營衣裳布料的行當，他出手闊綽，孫老闆開價一百五十兩，他一兩沒還就買下了。

孫老闆賣了行李箱，卻沒有立刻讓人拿走，他拜託朋友讓他把行李箱留下來展示三天。

這三天，凡是到他店裡的人都想買，可惜只有一個。孫老闆這幾天急得都快上火了，奈何不知道喬月家的住址，只能天天上芳容閣來打聽。

殊不知，張娘子也是愁得吃飯都不香了。

「誰說不是呢！這喬家妹妹這麼多天沒來了。」張娘子一聲接一聲地嘆氣，喬月編的小挎包與香皂一樣受歡迎。

說著，一個粉衣丫鬟模樣的姑娘走了進來，也是來問小挎包的。

張娘子認識她，她是縣太爺千金趙青青的丫鬟柳兒，陪著笑臉軟言解釋了一番，柳兒留下一句「有了貨派人上門通知」便離去了。

張娘子回頭看了眼同樣苦著臉的孫老闆，「唉」了一聲，又繼續盯著街道了。

次日，虎子拉著從隔壁借來的驢車，把幾個大口袋搬上了車。

「虎子，你可要跟緊你小姑啊！」劉氏不放心地叮囑，說完看著喬月又道：「月兒，不如讓妳大哥跟妳一塊兒去吧？」

見識了賣竹編得到的錢，劉氏這次很擔心喬月兩人，這次肯定會賣很多錢，萬一在路上被歹人盯上了怎麼辦？

見她皺著眉擔憂，喬月笑著安撫道：「娘，沒事的，咱們洪安縣從未出現過歹人，您就放心吧。」

她抬頭看著天，說道：「今天天氣不好，傍晚可能會下雨，哥哥嫂嫂們要在家裡抓緊收麥子。」

本應是豔陽高照的中午，可此時天空卻陰沈下來，薄薄的烏雲也慢慢飄了出來。

喬月對劉氏道：「娘，我和虎子快去快回，您別擔心。」

「奶，您放心，我會保護好小姑的。」虎子接了一句，揚起鞭子抽了一下毛驢，口中「喝」了一聲，毛驢邁步往前小跑起來。

「路上注意安全！」劉氏跟在後面喊了一聲。

「知道了！」

為了趕在下雨前回家，虎子一路上甩著鞭子催趕毛驢，好在拉的貨都是輕的，他們兩人的體重也沒多少，正值壯年的毛驢卯足了勁，一路疾馳到縣裡。

「掌櫃的，喬姑娘來了！」

正在擦拭櫃檯的梅兒聽見驢車行駛的聲音，往外看了一眼，便見到喬月兩人剛好停下驢車，她欣喜地跑到裡間叫張娘子。

「月兒妹妹，妳可來了！」

張娘子正在裡間的躺椅上打瞌睡，忽聽喬月來了，立刻跳了起來，連衣衫都來不及整理就快步走了出來。

喬月把毛驢拴在店外的一個大石頭上，聞言笑著喊了一聲。「張姊姊。」

虎子把車上的幾個大口袋拿了下來，張娘子眼睛一亮，趕緊讓梅兒去幫忙。

這半個月的時間，喬月每天除了做點好吃飯菜，剩下的時間都在忙著做竹編，有了虎子的幫忙，她直接拿材料編織，速度快了很多。

這天看著越來越陰沈，怕是有大雨要來，喬月和虎子進了店裡，說道：「請姊姊差人請一下孫老闆，這天怕是有大雨，我們要趕著回去。」

張娘子連連點頭，讓梅兒趕緊跑一趟。

「這次我帶來了五個小挎包和五個背包。」

喬月把東西從麻袋裡拿出來，張娘子看著一個個造型精緻的小包，臉上的笑就沒停過。

喬月又從身上揹的包包裡掏出一個包裹，把裡面的東西倒在桌子上。「這是我做的十五個小香囊，裡面裝了特製的香丸，最適合夏天佩戴了。」

杏子般大小的竹編圓球被染成了粉藍色，收口的地方還編了精緻的繩結，她一拿出來，淡淡的香味便飄散出來。

張娘子愛不釋手地拿著，問道：「這個什麼價？」

喬月笑著道：「這是我送給張姊姊的，不收錢。」

「那怎麼好意思呢！」張娘子笑得更開心了，她沒想到喬月這麼會做生意，這麼精緻的小東西也是要花工夫的。

喬月說道：「張姊姊人美心善，交易上也多有照顧，這點心意姊姊收下便是。」

張娘子被她說得像是吃了一塊蜂蜜，越發覺得喬月不簡單，小小年紀就會做生意，有手藝又這麼會說話。

檢查完貨物，張娘子走進裡間取了錢走出來。

一張二十兩的銀票和五兩散碎銀子，張娘子把錢秤過後交給了喬月。

「多謝張姊姊。」喬月小心地把銀票收好。

「月兒妹妹，坐下喝茶。」張娘子招呼了一聲，給喬月和虎子倒了兩碗涼茶。

正說著話，只見梅兒和孫老闆急急地走了進來。

「孫老闆。」喬月站起身迎上去打了聲招呼。「不好意思讓您受累了。」

孫老闆擺手，笑呵呵道：「姑娘哪裡話。」說完，他的眼睛落在虎子拿進來的兩個麻袋上。

「虎子，把袋子打開。」喬月道。

虎子應了一聲，把袋子的東西拿了出來。

一共五個行李箱，三個帶輪子的、兩個手提的，花紋和樣式都有了些改變，這一次，喬月買了特殊的顏料讓蘇彥之在箱子上寫了詩又作了畫，再用桐油刷了一遍，這樣就算箱子淋了雨也不用擔心畫會糊掉。

孫老闆看著山水花鳥皆有的幾個箱子讚了聲妙，很快的，兩人便商議好了價格。

虎子跟在旁邊沒有說話，在看到喬月收了幾十兩後心中已經有了些驚訝，他沒想到這奇怪的小包包會這麼值錢。

在看到孫老闆數給喬月三百兩銀票的時候，他驚訝地眼睛都瞪大了，口中不自覺「哇」了一聲，立刻用手捂住了嘴。

他從沒見過這麼多銀子！

他現在越來越佩服小姑了。

「喬姑娘，實不相瞞，孫某有筆生意想跟姑娘談談。」

孫老闆把這幾天的想法跟喬月說了。

「孫老闆想要合作？」喬月道。

「正是。」孫老闆點點頭。「姑娘有手藝，我有人脈，不如咱們合作開拓箱包的市場。」

這是他思考好幾天做的決定，這個竹編的箱包實在難得，輕巧又實用，軟的硬的易碎的都能放裡面拉著就走。

東西有市場卻做不出來，這對生意人孫老闆來說是一個很大的折磨，有錢賺不到，他晚上連覺都要睡不好了。

喬月思考了一下，有些遲疑地說：「孫老闆所言很有道理，只是……」這是不外傳的手藝，喬月有些拿不準。

她擔心什麼，孫老闆自然心中清楚，說道：「姑娘放心，箱包的製作人員都是跟著我做了很多年的老人了，姑娘若是答應，到時候每個人都可以簽署保密協議，送去縣衙蓋個大印。」

在洪安縣，若是有誰想要保護自己作坊的手藝，只要工人按上手印，由衙門蓋印，若是製作方法洩漏出去，那這個人便要賠得傾家蕩產，嚴重的還要進牢房，就連做出來的東西也會被一併銷毀。

因此，有祖傳手藝的作坊都會拿五兩銀子去縣衙領一份協議，簽署好了後送進去蓋印保存，一式兩份。

喬月本不知道，聽孫老闆說完，了然地點了點頭。

「不知這利潤該怎麼分？」喬月問，這是最重要的一個問題。

孫老闆聽她這麼問，知道事情成了一半，笑著道：「姑娘負責教學，自然是要占大頭了，我四，姑娘六，如何？」

見喬月一副「占大頭？就這樣？」的表情，孫老闆連忙補充道：「姑娘也知道若僅僅是洪安縣，那市場肯定很快就會飽和，孫某計劃往閔州和京城開設鋪子銷售，這人工也是要不少銀子的。」

他雖然這麼說，但喬月也不是好打發的，她思索了一下說道：「我有一個要求。」

孫老闆心中一緊，以為她要加分成，心中第二個方案已經在嘴邊滾了一圈。「姑娘請說。」

喬月將站在一旁的虎子拉了過來，說道：「這是我姪子蘇正寶，孫老闆若是答應讓他做學徒，每個月領工錢，我便同意。」

這年頭有工作的地方從不缺勞力，多少人搶破頭想要找一份T作學一樣手藝。

喬月雖然能在家裡教虎子，但也不能保證把虎子教出來，耐心和悟性對學手藝來說都很重要。

再說，虎子在家裡跟著自己學，這工錢又該怎麼算呢？給多了，難保家裡其他人不會有意見；給少了，喬月又怕兄嫂會不滿意。

現在有了這個機會，喬月覺得對虎子的將來是極為有益的，既能學到手藝，每個月還能拿到工錢，以後能不能出師就要看他自己學習的程度了。

喬月的話著實讓虎子震驚，他沒想到喬月會為自己爭取，想到喬月辛苦教自己竹編，給自己買好吃的，現在還費心為自己謀工作，自認是男子漢的虎子也不禁眼眶發熱，小姑對他太好了。

孫老闆有些詫異，他沒想到喬月提了這樣一個條件。

他打量了一下虎子，很乾脆地道：「沒有問題，隨時可以過來，孫某會安排好。」

喬月臉上浮起淡淡的笑，孫老闆又說：「只是工錢可能沒有那麼高，學徒工一個月的工錢是一百五十文，等以後他出師了，工錢才會漲。」

喬月滿意地點點頭，說道：「孫老闆，合作愉快。」

孫老闆笑咪咪地抱拳。「合作愉快。」

事情初步定下了，具體細節由孫老闆回去定一個詳細的協議出來，等過兩天喬月過來直接簽字按手印，這樁買賣便做成了。

跟張娘子等人告辭後，喬月和虎子又去了趟縣裡的書院，天空已經下起了雨滴，擔心傍晚蘇彥之回去時會淋雨生病，喬月打算把蘇彥之提前接回去。

書院裡的夫子對學生們的家庭情況都是了解的，看看天氣確實是暴風雨來臨前的徵兆，夫子便讓家裡遠的學生們都提前回去了。

三人緊趕慢趕，還是被驟降的大雨給淋濕了。

見三人變成落湯雞，劉氏趕緊讓兩個兒媳煮薑湯給三人袪寒，又讓他們趕緊回屋裡換上乾衣裳。

這場雨來勢洶洶，從未正開始一直到亥時都沒有停止的跡象，反而越下越大了。

喬月是被落在臉上的水滴給驚醒的。

第十六章

喬月伸手抹了抹眼睛，接二連三的水珠便落在手背上。

冰涼的水讓她徹底清醒了，天色很暗，外面的雨還沒停止，落在屋頂和水缸裡發出嘩啦啦的聲音。

喬月摸黑下了床，拿起桌上的火摺子將油燈點燃，昏黃的亮光照亮了小小的房間。

喬月拿起油燈走到床前，只見藍色棉布的枕頭上已經被水暈濕了一大塊，水珠還在往下掉。她抬起頭，只見雨水正順著屋瓦的縫隙鑽了進來，眼看有越落越快的意思。

喬月趕緊把枕頭移開，用木盆接住水。

這會兒醒了也睡不著了，喬月穿好衣裳來到窗戶邊。

昨天晚上的風雨肯定很大，雨水順著窗戶的縫隙打濕了土牆。她推開窗戶，約莫是卯初時分，滂沱的雨水從陰沈的天空潑下來。

突然，對面傳來劉氏和蘇彥之的說話聲。

喬月拿著油燈推開門走了出去，正屋左右共四個房間，喬月的房間挨著廚房，劉氏和蘇彥之的房間挨在一起，此時兩人的房門都打開了，劉氏披著衣裳站在蘇彥之的門前。

「三郎，趕緊拿幾個盆子接一下水。」劉氏說著，拿著油燈走回房間，手上拎著一個小水桶。

「娘，怎麼了？」喬月跟去了劉氏的房間，只見她房間漏水更加嚴重，床上、櫃子上都已經濕了，還有好幾處在漏水，地上也已經開始積水，房間裡根本沒法住人了。

「怎麼這麼嚴重？」喬月把油燈放在桌上，避開積水打滑的地方，和劉氏一起收拾屋子，把不能碰到水的東西全都裝起來。

劉氏收拾著梳妝檯上的東西，嘆了口氣道：「這座房子蓋了三十多年了，屋頂的瓦也壞了不少，每年年底的時候都會找人來修，去年家裡銀子緊張就沒修了。」

層層疊疊的瓦片損壞不會立即漏水，應付一下小雨還是沒問題的，但是誰也沒想到昨天會突降暴雨，直至現在還沒停止的跡象，這屋瓦便撐不住了。

「娘，等雨停了，咱們換一批新瓦吧。」喬月道。

劉氏嗯了一聲，喬月想起她方才去了蘇彥之的房間，便又問道：「三哥的房間也在漏雨嗎？嚴不嚴重？」

劉氏點頭道：「有點嚴重，今日若是雨水還不停，只怕晚上沒地方休息了。」

兩人收拾好後，便去了蘇彥之的房間。

蘇彥之的房間家具很少，一張寫字桌、一個大櫃子和小書架，另外就是一個專門用來裝筆墨紙硯的箱子。

幾間房間就數這間漏雨漏得最厲害，地上的積水已經蔓延整個房間，四面牆壁都在往下淌水，床上也全都濕了。

蘇彥之正在收拾擺在書架上的書籍，喬月走過去幫忙，把箱子抬到堂屋放著，劉氏則是把放在外面的衣服、鞋襪收了進來。

聽見正屋的動靜，大房和二房夫妻四人都起身過來看看，見幾人房間裡濕成那樣，便讓他們去自己房間暫住一下。

折騰了一個多時辰，天也亮了，徐氏和趙氏把廚房也收拾了一遍，勉強做了些早飯。

「這雨要下到什麼時候啊？」

劉氏站在徐氏房門前，扶著門框看著屋外的大雨，徐氏捧著繃子在縫補衣裳，下雨天什麼活兒也沒法做，正好把這段時間下地幹活弄壞的衣服給補好。

聽劉氏語氣擔憂，徐氏安慰了兩句，劉氏看了眼正屋，說道：「這麼大的雨要是再下兩天，怕是屋子都要承受不住了。」

因昨天趕著把編織好的竹編都拿去縣裡賣了，現在在家裡也沒有什麼事，喬月坐在廊下看著院中被沖刷乾淨的地面發著呆。

蘇彥之拿著紙筆進了虎子的房間，雖然因為下暴雨無法去上學，但他卻不敢有一日懈怠，背書、寫文章是每天都要做的，還要把先生講過的文章再細細揣摩一遍。

虎子見蘇彥之進了房，立刻找了藉口跑去自己娘親的屋子。他最怕讀書了，聽見讀書聲就覺得頭疼。

「娘，這是昨天小姑給我的銀子。」虎子從懷裡拿出一個小荷包，從裡面倒出兩塊碎銀子。

「二兩銀子！」趙氏瞪著眼驚叫一聲，隨即用手捂住了嘴巴。

她起身把窗戶放了下來，拎著虎子的耳朵道：「臭小子，這麼多銀子怎麼到現在才拿過來？」

「哎喲，娘，疼！」虎子把耳朵從親娘手中解救下來，他揉著耳朵道：「昨天不是忘記了嘛！」傍晚到家的時候又是換衣又是洗澡，就把這件事給忘了。

趙氏把銀子拿在手中，臉上滿是笑容。「二郎你看，咱們兒子掙了這麼多銀子！」

蘇二郎接過銀子說道：「這哪是虎子掙的，分明是小妹給他的。」虎子每天就是砍竹、劈竹、拉竹條，不過十來天的時間哪能掙得到這麼銀子，就是做工的師傅只怕一個月也難掙到二兩銀子。

趙氏臉一沈，不高興地說：「怎麼沒有？虎子每天不僅要下地幹活，還要上山砍竹子，也是很辛苦的。」她拉過虎子的雙手，說道：「瞧瞧這手上的傷口，都是拉竹條造成的。」

的。

當娘的總是覺得自己的兒子是最優秀的，不管怎麼樣，這銀子既給了虎子那就是他應得

「虎子，這銀子娘給你攢著，等以後娶媳婦用。」

虎子見母親高興，也憨憨地笑了起來，他撓了撓頭坐在床邊上又說：「爹，娘，小姑還給我找了一份工作。」

「嗯？什麼工作？」兩人疑惑地同聲問。

虎子便把喬月給他找的學徒的工作說了，卻絕口沒有提其他事情。

趙氏聽了更加激動，連連說道：「好啊、好啊！真不枉二郎你疼愛小妹這麼多年！」

本以為答應教虎子竹編就已經很不錯了，沒想到喬月竟然幫虎子找了做學徒的工作，每個月還能領工錢。

蘇二郎黝黑的臉上也露出笑容，叮囑虎子道：「虎子，你可一定要好好學，別辜負了你小姑的一番心意。」

「嗯，兒子知道，爹娘放心。」虎子鄭重地點頭。

趙氏對蘇二郎道：「二郎，你說咱們要不要送點什麼給小妹，感謝她一下啊？」

蘇二郎思考了一下，覺得趙氏的話有道理，便說道：「也行，妳看著辦就是，只是不要太張揚。」

趙氏不解他是什麼意思，蘇二郎道：「大哥、大嫂他們可什麼都沒得到。」

這話的意思就是讓趙氏收斂一點，不要開心到忘形了。大嫂徐氏因為只生了兩個女兒，平時沒少說酸話，如今自己兒子得了這麼大好處，若是讓她知道了，萬一鬧出什麼事來就不好了。

趙氏點點頭，記在了心裡。說到好處，她倒是想起一件事，連忙問虎子昨天去街上賣竹編，喬月得了多少錢？

虎子搖搖頭，只說他站在店外，並不知道喬月賣了多少錢。

虎子雖然憨厚，但也知道什麼話能說，什麼話不能說。喬月對他這麼好，他對喬月的事情權當自己是瞎子、是聾子，若是喬月自己想說，那家裡人自然都會知道，既然沒提那他也不說。

趙氏見兒子這樣憨傻，伸手點了點他的腦袋，提醒他以後跟在喬月身邊要多留意才行。

虎子嘿嘿笑，敷衍著應了。

屋外，喬月見蘇彥之走進虎子房間做功課，便也跟了進去。

「三哥，打擾你了嗎？」喬月站在門口問道。

蘇彥之坐在窗戶前的桌邊，正在閱讀文章做筆記，聞言抬頭看了喬月一眼，搖搖頭，溫和道：「沒有，小妹進來吧。」

喬月走到他身邊，見本子上的字體清秀工整，便微笑著讚了一句。

蘇彥之露出一個淡笑，放下筆問道：「小妹找我有事嗎？」

他面色溫和，經過這段時間的相處，蘇彥之對喬月的態度改變了不少，從原先的愛理不理，到現在語氣變得溫和起來。

喬月不好意思地捏著衣角，說道：「我想請三哥教我認字、寫字。」

蘇彥之有些驚訝。「怎麼想到要認字了？」喬月沒失憶前也是沒讀過一年私塾的，後來不知道什麼原因在家哭著再也不肯去了，問急了只說是太笨了學不好，後來便不了了之。

喬月自然知道原身念過書，只是因為被人嘲笑臉上的胎記，覺得羞恥便不願意去了，這字也識不得幾個。

她既然要做生意就不能不認識字，雖然她認識，但「喬月」卻是不認識的，到時候將帳本拿在手中，這會是個問題。

所以還是要「學習認字」才行，再說了，這裡記帳用的都是毛筆，雖然能用炭筆，但畢竟不方便，要是當眾寫個帳、簽個名什麼的，不會寫字不是要出醜嗎？

小妹提出一個並不過分的要求，蘇彥之沒有拒絕的理由，他知道喬月失了憶，對以前自己抗拒讀書、寫字的記憶也沒了，他想了一下，便知道喬月為什麼想要學習認字，恐怕是為了記帳之類的，因而便點頭同意了。

蘇彥之起身往正屋走。「妳等一下，我去拿筆和書過來。」

第十七章

蘇彥之沒有教人讀書認字的經驗，只能按照自己當初的念書步驟。取了書本過來，教喬月認識了一遍千字文。很快的，蘇彥之發現喬月非常聰明，記性也很好，他不過帶著讀了五遍，喬月就能複述了。

看著蘇彥之驚詫的目光，喬月心想是不是自己有點暴露了，疑惑地笑了一下說道：「好奇怪啊，不知道怎麼回事，我感覺這個千字文很熟悉，好像以前就認識似的。」

她疑惑地翻著書頁，皺起了眉頭，又彷彿因為想起了什麼引起頭疼而敲了敲腦袋。

蘇彥之見她這樣，連忙道：「沒事沒事，可能是因為妳以前學過，現在想起來一些罷了，想不起來就不要想了。」

喬月點點頭。

認識所有的字後就是學習寫字，蘇彥之示範了一遍用筆的姿勢和寫字時的先後順序，便拿紙讓喬月開始練習。

練毛筆字是一件很不容易的事情，尤其喬月早已習慣現代的硬筆書寫方式，這毛筆拿在手裡，還沒下筆就抖了不少墨點在紙上。

好不容易寫完了一個字，喬月一看頓時石化了，一個字就占了紙張的三分之一，大也就罷了，關鍵是字還醜得可怕，橫豎線條歪歪扭扭。

蘇彥之忍不住一聲輕笑，惹得喬月耳朵都紅了。

「我再練練肯定就好了！」喬月道。

蘇彥之看著她羞惱的模樣，輕咳一聲，正了臉色，說道：「還是從數字開始吧。」說著，拿過一張紙寫下一到十的數字。

喬月也只能點頭同意，這毛筆字真不是一下子就能寫好的，想要達到蘇彥之的程度，她估計要練上一年不止了。

這場暴雨足足下了三天，喬月晚上和蕓娘姊妹兩人擠一間，蘇彥之和虎子擠在一起，劉氏則和兩個兒媳睡，蘇大郎只能和弟弟擠在一起了。

第三天的早上，正屋的雨水已經從屋內淌出來了，地勢較低處的積水已經淹過腳背了。廚房裡也很嚴重，堆在地上的柴已經被浸濕許多，不得不搬來長凳把柴架起來。

早上，眾人都坐在廊下，手中捧著稀飯在吃，突然聽見廚房發出巨大的聲響。幾人被嚇得一顫，二丫手中的碗直接掉在地上摔碎了。

「怎麼回事？」蘇大郎站起身往廚房跑去，眾人也跟在身後。

來到廚房門口，只見一根發黑潮濕的木梁斜著砸在了櫥櫃上，櫥櫃被砸歪了，很多碗碟全都被摔碎，屋頂的瓦也掉了下來砸了個粉碎，雨水不斷湧進來，地上一片狼藉。

眾人呆呆地看著眼前一幕，似乎都被嚇到了，幸好他們都待在屋外，若是剛才有人在廚房，這會兒只怕小命都難保。

「這……怎麼辦啊？」說話的是劉氏，她也沒遇過這種情況，聲音有些不知所措。

蘇大郎身為蘇家的長子，一向穩重，他扭頭說道：「咱們還是先把廚房的東西搬出來吧，還有每個房間的重要東西都要拿出來。」

土房子本就不是特別堅固，風吹雨打這麼多年，木料腐朽也很正常。

現在就擔心這雨勢太大，又不知道什麼時候會停，萬一整個屋頂塌了再想取出東西就麻煩了。

眾人再顧不上吃飯，全都開始拿筐拿籮地裝東西搬到外面的雜物房去。

喬月和蘇彥之也回到自己房間，把重要東西用包袱裝了起來，送到其他人的房間裡。

蘇大郎和蘇二郎抬著裝滿整個竹筐的碗碟往外走，虎子和蕓娘從廚房裡搬出板凳、籃子和水桶之類的東西。

「蕓娘，地上滑，要小心一點啊。」徐氏叮囑道。

「娘，我知道了。」蕓娘雙手提著一個水桶和一個木盆，小心地走在齊腳踝深的水裡。

這時堂屋的屋頂傳來細微的聲響，忙碌的眾人都沒有注意到。

狹小的雜物房已經被塞滿了，劉氏站在廊下指揮著，讓他們把東西擺在雨淋不到的地方。

「娘，這個還要嗎？」屋子裡，蕓娘拎起一包被雨水浸透的棉花問道。

徐氏和趙氏正在搬板凳，徐氏看了眼，點頭道：「要，妳把水擰乾拿到房間裡鋪著晾一下。」

蕓娘應了一聲，站在那裡用力裡擰著水。

突然，頭頂傳來奇怪的聲音，蕓娘疑惑地抬頭看，只是房頂有點高，光線又很暗，她沒有看清楚。

又是幾聲斷裂的聲音傳來，正要進來搬桌子的蘇大郎下意識抬頭，只見堂屋的一根木梁正在斷裂。

「蕓娘，快出來！」蘇大郎大吼一聲，表情驚恐。

蕓娘不知怎麼回事，偏頭看向父親。「爹，怎麼了？」

嚓！嘩啦！

斷裂的聲音伴隨瓦片摔碎的聲音同時響起，蕓娘下意識抬頭，只見一道黑影從頭頂落下。

「啊！」

「蕓娘！」

尖叫聲和蘇大郎的大喊驚嚇到了屋外的人，眾人都聽見木梁落在地上的巨響和蕓娘淒厲的尖叫。

「蕓娘！」徐氏臉色一變，往堂屋衝去，剩下的幾人也都跑了過去。

只見蕓娘暈倒在積水中，左腿被壓在木梁下，不正常地彎曲著，顯然是骨頭被壓斷了。

徐氏見狀，眼淚立刻流了出來，抱著女兒大喊起來。

「天哪！」劉氏幾人趕到，見此情景也都被嚇到了，蘇二郎面色難看地上前和大哥一起把木梁抬了起來。

蘇大郎看著昏迷不醒的女兒，強自鎮定下來說道：「二弟，麻煩你把蕓娘抱到房間裡，我這就去找大夫。」

「哎！」蘇二郎應了一聲，小心地把蕓娘抱了起來。

「大哥，騎元寶去吧，會快一點。」喬月也被嚇到了，跟在蘇大郎後面喊了一聲。

雨勢不知在什麼時候變得小了一些，雨水落在臉上不再刺痛，蘇大郎跑到棚子裡把元寶牽了出來，可不知為什麼元寶死活不讓蘇大郎騎，蘇大郎只要有上背的舉動，牠就想要掙脫繩子。

「這可怎麼辦啊！」劉氏著急地問。

喬月咬咬牙走進雨中，對蘇大郎道：「大哥，我去找大夫，元寶跟我熟。」

蘇大郎擦了一把臉上的雨水，大聲道：「這怎麼行，妳一個小姑娘，土路濕滑，大哥不放心。」

喬月卻不由分說地拿過繩子，一下子就登上了驢背。「大哥放心吧，我很快就回來！」說完，一揚鞭子往鄰村跑去。

第十八章

屋漏偏逢連夜雨，主屋屋梁連著斷了三、四根，屋頂也塌了一半，蕓娘的左腿被砸得骨折，肩膀和胳膊也被掉落的瓦片砸傷了。

大夫診斷後給蕓娘固定好了腿骨，開了藥方，叮囑一些飲食上的禁忌便離開了。

「現在該怎麼辦？」

蘇家一家人聚在廊下，蘇大郎眉頭緊鎖，看著陰沈的天空。

雨已經轉小，細密的雨絲被微風吹得飄飄。

眾人也是一臉愁容，看向身後倒塌了一半的正屋，這屋子已經沒法住了。

徐氏看著女兒睡著了，雙眼紅腫地走了出來。

「蕓娘怎麼樣了？」劉氏問道。

「已經睡了，剛剛還在哭著說疼得很。」徐氏難受地道。

劉氏嘆了口氣。「妳仔細照顧著蕓娘，斷骨是大事，養不好以後留下什麼毛病就麻煩了。」

「嗯，兒媳知道。」徐氏點點頭。

蘇二郎開口道：「等天晴了找人來修一下吧。」

蘇大郎皺著眉。「怕是不好修。」

劉氏沈著臉道：「家裡還有住的地方，這幾天先擠一擠，再搭一間房給我和月兒住就行了。」

「這……」徐氏臉色不好看，看了眼二房。

趙氏低頭看著鞋尖，彷彿沒聽見。反正虎子和三郎擠一擠也沒什麼，再過上一年，蘇彥之若是考中舉人便要去閔州讀書了，左右不過將就一年半載。

「奶，我可以和小叔睡，只要我打呼不影響小叔就行。」虎子憨憨地摸頭笑了笑。他晚上打呼聲音有些大，他自己倒是不知道，還是以前跟父親睡在一起才知道，當時蘇二郎被他的呼嚕聲吵得一整晚沒合眼。

劉氏看向小兒子，蘇彥之面色僵了僵，緩緩開口道：「沒關係。」

他面上無所謂，心裡卻不淡定。這幾天晚上他也沒睡好，虎子的呼嚕聲實在太大，即使睡著了也會被吵醒，白天讀書的時候一點勁兒都沒有，腦袋昏昏沈沈的。

現在聽劉氏這樣說，他在心中考慮要不要去周勤家裡借宿一段時間。

見趙氏沒有表示，徐氏有些急了。「娘，蕓娘現在這個樣子，晚上不能沒人照顧。」

這幾天喬月一直和蕓娘、二丫睡在一起，本來是沒什麼，但現在蕓娘傷了腿，晚上肯定要人照顧。二丫還小不懂事，喬月就更不用說了，從來沒做過活，更不用說伺候人了。

女兒突遭災禍，她這個當娘的無論如何也要好好照顧女兒，萬一晚上她們三個人擠在一起，睡熟了不小心傷了女兒的腿，日後落下毛病哭也來不及了。

喬月自是知道這一點，她拉了拉劉氏的衣袖，說道：「娘，大嫂說得對，蕓娘夜裡不能沒人照顧，三個人睡在一起確實擠了點，要是擠到蕓娘的腿就不好了。」

劉氏看了眼大兒媳，目光犀利。

徐氏臉色一白，囁嚅著又說：「我不是不讓小妹在家睡，我在蕓娘房間打地鋪，小妹跟娘和二弟妹睡。」

「算了，床太小了，三個人擠一起，睡都睡不好。我帶月兒去妳舅舅家借宿幾晚。」劉氏說道。

家裡的床本就不大，睡兩個人尚且可以，三個人……她跟兩個兒媳擠了幾晚幾乎都沒怎麼睡，眼下的黑眼圈都跑出來了。

「這……會不會不太好？」蘇大郎有些遲疑，舅舅家地方也不大，只怕騰不出地方。

劉氏擺擺手。「前幾天我遇到你舅舅過來幫人幹活，他說你表哥和表嫂出門做生意了，這段時間不在家。」

「哦，那就好。」蘇大郎點點頭。

眾人一時無話，喬月開口把話題轉回房子上，她說道：「娘，這房子現下是不能再用了，您打算怎麼辦？」

眾人都看向劉氏。

是啊，這房子才是當務之急，就算要在院子裡再建一間屋子，那這破屋總不能一直擺在這裡。

劉氏沈默著沒說話，她知道喬月的意思，只是蓋房子是件大事，手中也就那麼點銀子，還有蕓娘的腿要治，用的藥也貴。

這突如其來的災禍讓劉氏明白手中還是要有錢，若不是喬月這段時間掙了不少銀子，她哪能一下子就讓大夫配了一個月的藥，還都是好藥，就怕腿會留下什麼後遺症。

手中有錢遇事才不慌，劉氏不敢輕易把銀子都花掉了。

「娘？」喬月晃了晃劉氏的胳膊。

劉氏抬頭，見眾人都看著自己，她的眼神在三個兒子臉上掃過，見蘇彥之面色有些蒼白，眼下青黑一片，顯然是沒睡好。

劉氏咬咬牙鄭重地說：「這房子不修了，重蓋！」她指了指院子裡的幾間小房間。「這些都不要了，全部拆掉重蓋。」

這話一出，幾人都嚇了一跳。

蓋房子可不是小事，這幾年人工和材料都漲了價，一下子要蓋這麼大的房子，這沒有一、二百兩怕是蓋不起來。

「娘，這可要花不少銀子啊！」蘇大郎道。原本蓋房子用的都是土，價格也高不到哪裡去，但現在要重蓋肯定不能再蓋那樣的房子了，村裡重新蓋房子的都是青磚大瓦房，要是他們還蓋小土屋，怕是要被人笑話了。

劉氏吸了口氣，表情肯定地點頭。「不瞞你們，這段時間月兒做竹編賺了點銀子，已經攢了二百多兩了。」

這麼多！

眾人表情驚訝，齊齊看向喬月，但見她表情淡淡，不見一絲得意之色。

趙氏夫妻倆對視一眼，都從對方眼裡看出了激動。他們沒想到做竹編這麼能賺錢，要是以後虎子學成了手藝，他們一房豈不是要發了！

徐氏面色卻變得更加難看，她已經知道虎子去縣裡做學徒的事了，原本心中只是有些酸，現在聽竹編這麼能賺錢，她心裡已經不是酸了，簡直比吃了黃連還要苦。

聽劉氏這樣說，蘇家三兄弟對視一眼，蘇二郎道：「既然娘說要重新蓋，那就重新蓋，明日天晴了我和大哥去找人商量蓋房子的事。」

蘇大郎點頭應是，有這麼多錢，蓋房子足夠了。

這個問題解決了，新的問題又出來了。蓋房子就要拆房子，這院子裡擺了這麼多東西，該往哪裡放？還有住的問題、做飯的問題，都需要解決。

眾人七嘴八舌地說了辦法，最終確定下來，先把旁邊的菜地騰出來，在上面蓋一間簡單的木頭草屋，裡面用簾子隔間，先將就著住。

院子裡的小房間拆掉，留下最外面的兩間用來搭一個臨時灶臺和擺放東西。

事情定了下來，劉氏登時就拿了一百兩交給兄弟兩人，囑咐他們一定要把錢用在刀刃上。

晚上。

蘇彥之跟劉氏說家裡事情多，學習有些不安心，提出了要去周勤家中借宿的事情。

劉氏自是沒有不應的，當即便為兒子收拾兩套換洗的衣物和一些隨身物品。

喬月來的時候正巧碰見，她轉身去雜物房拿來一樣東西。

「三哥，這個給你裝筆墨和書本。」喬月提著一個做工精緻的箱籠過來。

蘇彥之正在用方布巾包書本，見她手中拿著的箱籠，微微一愣。

「呵呵，還是月兒細心，有這個就方便多了。」劉氏拿著一個小包袱走了進來，提起箱籠看了看，高興地讚道。

蘇彥之有些感動，他沒想到喬月還為他準備了這個，心緒有些複雜地說：「小妹辛苦了。」

喬月擺擺手。「不辛苦，順手做的，有了這個就不怕下雨了。」蘇彥之來回去學院都是用一個小包袱裝東西，遇到下雨都會被打濕。

這個箱籠是用極細的竹條細密編織的，裡面還用了價格昂貴的皮子做裡襯，蓋子也是用皮子，這樣下雨就不用擔心裡面的東西會濕掉了。

「嗯，這個好，衣服、鞋襪、書本什麼的都能放裡面，揹起來也不重。」劉氏說著，把桌上準備好的東西都放了進去。

「三郎，你可要用功讀書啊，不要辜負了小妹的一番心意。」劉氏說道。

蘇彥之點點頭，看著喬月說道：「娘，我知道，我一定會更加用功的。」

劉氏笑著點點頭，從懷裡拿出一個小荷包打開，裡面裝了五兩銀子。

「這些銀子你帶著防身，明日去周勤家裡買一些禮物帶過去。」劉氏在為人處世上向來不喜歡占人便宜，現在蘇彥之要去別人家借宿，難免打擾了人家，是絕不能空手上門的，況且還要在周家吃飯。

「嗯，娘，我知道了。」

蘇彥之點點頭，知道該怎麼做。

第二日，天終於放晴了，清晨的薄霧被風吹散，休息了三、四天的太陽終於露了臉，金燦燦的從東方昇了起來。

周勤聽說蘇彥之想要去家裡借宿，興奮地表示非常歡迎。

家裡要修灶臺，中午喬月便沒有去送飯，蘇彥之拿著銀子請周勤在包子攤上吃包子。

周勤老實不客氣，開心地一口氣吃了七、八個包子，才直呼吃飽了。

第十九章

蘇家要蓋青磚大瓦房了。

好多人都在議論，蘇家的條件，村人都是知道的，幾十年的土房子，一年到頭不見穿新衣，也不知道哪來的錢突然要蓋房子了？

一個村總共才幾十戶人家，誰家丟隻雞鴨都會傳得眾人皆知，更不用說這麼大的事了。這幾年村裡發家的人家也不少，住上青磚大瓦房的也有七、八家，蘇家並不顯眼，但年輕的這一輩只有蘇三郎考中了秀才，眾人難免多關注了一些。

拆房子的時候，蘇家兄弟叫了村裡十幾個年輕人幫忙，不過半天時間就拆好了。

「大家今天辛苦了，沒什麼菜，諸位兄弟多喝兩杯。」蘇大郎端著酒招呼，院子裡擺了三張桌子，太陽還沒下山，劉氏和兒媳做好了飯菜招待今天來幫忙的人。

「六哥，這是紅燒肉哩！」一個皮膚黝黑的少年瞪大眼，看著高腳盤裡燒得油光紅亮的紅燒肉，吞了吞口水。「這蘇家真捨得啊！」

他挾了一塊放進口中，油滋滋地又軟爛又香，被稱作六哥的男人年紀稍長，他趁人不注意，挾了兩塊放在弟弟碗裡，湊過去小聲說：「少說話，多吃菜。」

少年點點頭。「哥，你也吃。」

這桌上的飯菜比他們家過年吃得都好，兩大份的魚湯煮得鮮香奶白；一碟紅燒肉上了桌就被瓜分了；還有番茄炒蛋，蛋比番茄還多；就連清炒蔬菜用的都是豬油，菜湯裡都飄著油花。

「大嫂，把米飯端出去吧。」喬月打了一盆米飯喊了一聲。

「哦，來了！」徐氏應了一聲，走過來端著米飯出去了，片刻進來，一盆米飯已經被盛光了。

喬月接過木盆還要盛，徐氏有些心疼道：「小妹，夠了吧，這已經是第三盆了。」今天煮的飯都是白米飯，香的不得了，吃起來還有一絲甜味，外面坐了十幾個漢子，個個吃起米飯來彷彿餓死鬼投胎似的，他們家用的都是大海碗，第一桌分到第三桌，剛分完就有人喊還有沒有，吃飯速度快得令人咋舌。

喬月笑咪咪地打飯，說道：「大嫂，這是娘煮的，說一定要讓他們吃飽。」

徐氏沒說話了，她知道劉氏一貫會做人，在村上的人緣也不錯，要不然他們家拆房子，哪裡叫得動這麼多人來幫忙。

半個時辰後，院子裡安靜下來，幾個和蘇家兄弟比較好的，喝得滿臉通紅，拍著蘇大郎的肩膀說：「以、以後要有什麼活兒，儘管叫哥幾個，別、別客氣。」

蘇大郎笑著點頭，拱手道：「好好，有孫大哥這句話，以後兄弟就不客氣了，今天辛苦你們了。」

幾人擺手，大著舌頭道：「不、不辛苦，不辛苦。」今天這酒喝得真是過癮，雖然不是什麼好酒，但能讓人喝個夠也算是夠大方了。

三、四個人勾肩搭背，步履不穩地往自家走去。

劉氏拎著一個空籃子走了回來，她帶著一筐雞蛋跑了一趟何神婆家裡，找她看看哪天動工挖地基最合適。

「娘，怎麼樣？」蘇家兄弟站在門口剛把人都送走，便見到老娘回來了。

劉氏滿臉笑容。「何神婆說了，三日後的辰時最是吉利。」

蘇二郎笑著道：「那就好，明日我和大哥再跑一趟告訴張工頭一聲，讓他後天帶人來。」

蘇大郎點點頭。「順便再確認一下材料，還有石頭什麼的。」

他指了指不遠處堆放的木料。「這些拆下來的木料到時候看看還有沒有什麼用處，這樣也算物盡其用了。」

「嗯，大哥說得是。」蘇二郎贊同地點頭。

某日，喬月照舊騎著小毛驢去縣裡給蘇彥之送飯。

今天來得有點早，書院還沒下學，喬月便坐在亭子裡等。

約莫一盞茶的時間，書院裡便響起敲鐘的聲音，不一會兒便有學生走了出來。

「周大哥，我三哥呢，怎麼沒和你一起出來？」喬月見只有周勤一人出來，踮起腳往書院門裡看。

周勤買了一碗綠豆湯坐了下來，說道：「小妹別急，彥之被夫子留下來說點事，應該很快就會出來。」

「哦。」喬月點點頭，坐在周勤身邊。

周勤喝著湯嚼著餅問道：「聽說妳家在蓋房子，還順利嗎？」

喬月點點頭。「還順利，已經把地基打好了。」

「哦，那就好。」

喬月從包裡拿出一個碗。「周大哥，這是我做的番茄炒蛋，給你的。」

自從蘇彥之借宿在周勤家，喬月每日來送飯都會帶上一份吃食給周勤，有時是一碗糕點，有時是炒菜，有時候還是老規矩，買上幾個包子讓他們下午墊肚子。

周勤開心地接了過來。「多謝妹妹！」

金黃的雞蛋和番茄炒在一起鮮中帶酸，非常好吃。周勤家中貧寒，家裡養的三隻母雞下的蛋都要拿到街上賣錢或是換東西，家中很少吃蛋，更不用說這麼奢侈地炒來吃了。

前段時間父親傷了腿，家中沒有什麼補品，便把母雞每天下的蛋給父親吃，周勤從小到大吃過的蛋屈指可數，吃肉更是一件奢侈的事，就連過年也不一定能吃得到。

「真好吃，小妹手藝真好。」周勤一口餅子一口炒菜，不禁感嘆道：「彥之真有福氣，我要是有一個像妳這樣的妹妹就好了。」

蘇彥之剛走出來便聽到這句話，他微微皺了皺眉，見喬月笑得聲若銀鈴。「周大哥真會誇人，我哪有那麼好。」

「在聊什麼呢？」蘇彥之走過來坐在周勤身邊。

周勤笑著道：「在聊月妹妹手藝好。」

「三哥你來了，快點吃飯吧，菜涼掉就不好吃了。」喬月見蘇彥之過來，趕緊把飯菜拿了出來。

一碟油渣炒黃瓜、一大碗骨頭玉米湯還冒著熱氣，喬月的手藝確實很好，這段時間她天天送這些有營養的飯菜，他都覺得自己快要吃胖了。

蘇彥之端著碗吃飯，見周勤正在用餅子抹碗裡的湯汁，拿起勺子舀了一些骨頭湯到他的碗裡。「喝點湯。」

周勤怔了一下，連忙道：「彥之，不用了，我已經吃飽了，這是小妹做給你補身子的，你多吃點。」

他並不貪心，雖然每天喬月給蘇彥之做的飯菜都有素有肉，彷彿過節一般，周勤也時常被饞得快要流口水，但是他知道，蘇彥之對他已經很好了，喬月每天還做菜給他吃。

這次蘇彥之到家裡借宿，又是買米又是買麵，讓他們頗為不好意思。蘇彥之知道他父親傷了腿，還特地買了幾根腿骨讓他母親熬湯給父親喝，加速骨頭的癒合。

周氏夫婦常聽兒子說起蘇彥之，知道兒子經常受他幫助，對他的印象很不錯，這次蘇彥之來家裡借宿，一言一行的學識和教養都非常得體，加上他買的那些東西，現在周母對他就像對待親兒子一樣。

吃完飯，蘇彥之叮囑她不要貪玩趕快回家，喬月說要去孫老闆那裡一趟。暴雨那天他們說好了要簽訂協議，這幾天蘇家都很忙，今天才空閒一點，喬月打算過去看看。

「那我陪妳一起去。」蘇彥之說。喬月要去做什麼他不知道，但是作為哥哥，既然知道她要去和老闆見面，還是要留心一下。

喬月搖搖頭。「不用了，三哥，你讀書要緊。」

周勤在一旁插話道：「沒關係的，中午有一個時辰的午休時間，不耽誤的。」

蘇彥之也點頭，難得強勢道：「我陪妳一起。」說著便走向大樹，把元寶的繩子解下握在手裡。

喬月見他這樣也不好再拒絕。「那好吧，正好我也有事想讓三哥幫忙。」和周勤道了別，喬月和蘇彥之往孫老闆的店裡走去。

孫老闆這時候剛吃過飯，正坐在躺椅上悠閒地品著香茶，前面的夥計來報說有一個小姑娘指名找掌櫃的。

孫老闆一聽，眼中精光一現，立刻起身走了出去。

「喬姑娘，多日不見啊！」孫老闆笑呵呵地打了聲招呼。

「孫老闆安好。」喬月點頭微笑，指了指身旁說道：「這是我三哥，姓蘇。」

「孫老闆。」

「蘇公子。」

兩人打了招呼，孫老闆客氣地請兩人進去坐下喝茶。

孫老闆打量蘇彥之，笑著問：「蘇公子還在讀書？」他眼光犀利，一眼就看出蘇彥之不是普通農家少年。

蘇彥之道：「在天文書院。」

孫老闆一聽面露驚訝，拱手道：「原來是蘇相公。」能在天文書院讀書的都是秀才，他見蘇彥之不過十五、六歲的年紀竟然已經考中秀才，不由心生佩服。

要知道，科舉考試是非常難的，有的人一考幾十年不過是個童生，能考上秀才的也是屈指可數，蘇彥之不過十幾歲就能考中可見其聰慧。

喬月見孫老闆的關注點偏了，咳嗽了兩聲。

孫老闆這才反應過來，尷尬地笑了一下，說道：「喬姑娘此來可是為了協議的事？」

喬月點點頭。

孫老闆朝一個夥計招招手吩咐一聲，那夥計轉身去了，不一會兒捧來一個盒子。

「喬姑娘，這是孫某草擬的協議，請過目。」

喬月把紙接了過來，掃了一眼，遞給身旁的蘇彥之小聲道：「三哥，我看不懂，你幫我看看。」

蘇彥之「嗯」了一聲，接了過來。

第二十章

在看清楚協議內容後，蘇彥之低垂的眼中浮現驚訝之色。

他雖然知道喬月在做竹編賣錢，卻不知道到底有多賺錢，他以為這份協議是店老闆要訂做產品的協議，沒想到是一份入股分紅協議。

他表情複雜地看了眼喬月。

面前的女孩仍是那個和他從小一起長大的小妹，但是此刻他卻覺得喬月是如此的陌生。

內向敏感是她、分不清好壞也是她，蘇彥之一直覺得喬月就是家裡的累贅，分去母親的疼愛不說，對家裡人的感情幾乎沒有，每次看她和那家人來往，蘇彥之總是在心中生悶氣，多次隱晦地提醒過母親要收好家裡的錢。

自從喬月失憶後，整個人就發生了翻天覆地的變化，勤快懂事、開朗聰明，就連她以前最在意的臉上胎記，現在也有些無所謂了，一雙陰沈的雙眼變得清澈明亮。

若不是喬月一直待在蘇家，蘇彥之簡直要以為這根本不是一個人了。

看著紙上的協議，就算以後喬月不做事，每個月都能拿到錢。

喬月見他奇怪地盯著自己，湊過去小聲問道：「三哥怎麼了，是不是協議有什麼問題？」

她想拿過來看看，奈何「喬月」是不認識字的，害怕露餡只能忍住。

「沒什麼問題，只是……」蘇彥之蹙了蹙眉，看向孫老闆。

孫老闆被他清冷的目光看得心頭一跳，小心地問：「蘇相公覺得哪裡不妥，孫某再找人修改。」

蘇彥之問：「孫老闆，這上面寫了箱包技藝分成四六。」

孫老闆點點頭，眼神閃爍了一下。

喬月一直看著孫老闆，沒有忽視他面上一瞬間的不自然。

蘇彥之問喬月。「妳與孫老闆簽了幾種箱包技藝？」

喬月反應過來，回答道：「目前只有一個拉桿箱和一個手提箱。」

蘇彥之看向孫老闆，表情有些嚴肅，指著協議上的一行字問道：「每三個月喬月必須提供一到兩樣新產品，否則按違約處理，扣除一個月的分紅，這句話是什麼意思？」

孫老闆搓了搓手，嘿嘿笑道：「這……沒有新產品怎麼能穩住客戶呢？蘇相公應該也懂。」

蘇彥之點點頭，開發新產品穩定客戶他當然知道，但是這一項對喬月來說，只有害處，沒有利處。

「既然孫老闆要求我小妹開發新產品，還加上了違約金，那這上面為什麼沒有新產品的單獨利潤呢？」

喬月眼神不善地看著孫老闆。不愧是商人，奸！

孫老闆面色有些尷尬，他沒想到蘇彥之一個書生也懂這些，這一項條款他寫在了最不顯眼的地方，就是為了糊弄喬月這個小姑娘，沒想到還是被發現了。

「蘇相公，這……這……孫某……」

喬月登時就站了起來，拉著蘇彥之道：「三哥，我們走，換一家。」

蘇彥之也站了起來，孫老闆一見頓時急了。「哎哎，喬姑娘、蘇相公別走啊，咱們有事好商量啊！」

喬月道：「看來孫老闆根本不是誠心與我做生意，今日若不是我三哥來了，只怕我將來怎麼賠錢都不知道。」

孫老闆面色通紅，急得額頭冒汗，若是今天因為這件事丟掉了這個合作，那可就虧大了。

孫老闆走到兩人前面，拱手賠罪道：「喬姑娘息怒，是孫某一時豬油蒙了心，還望喬姑娘原諒！」

喬月根本不聽，拉著蘇彥之就往外走。

「喬姑娘，哎喲，姑奶奶，您別走哇！」孫老闆追到了門外，朝夥計使了個眼色，一起拉住蘇彥之好說歹說，把兩人請進了鋪子。

「快，把今年的雨前龍井拿上來！」孫老闆喊了一聲，請兩人坐好，笑呵呵道：「蘇相公、喬姑娘，這件事是孫某的不是，孫某給二位賠罪了。」他拱手彎腰行禮，姿態放得很低。

蘇彥之看向喬月，喬月面無表情道：「孫老闆不愧是老江湖啊。」

這話一出，孫老闆面皮抽了一下，壓下去的尷尬又浮了起來，他嘿嘿笑道：「還請喬姑娘原諒。」

面對與自己兒子差不多大的兩個少年人，孫老闆一點長輩的派頭都沒有，孫家能在洪安縣做生意幾十年，心理素質早已練得強大，雖然協議的事辦得不漂亮，但也還有挽回的機會。

「兩位嚐嚐看這雨前龍井，都是今年的新茶。」孫老闆笑著道。

喬月看他還頗有誠意，遂說道：「這協議，孫老闆打算如何？」

孫老闆既然寫出這一份協議，自然也準備了另外一份來應對。

他坐在椅子上，面色已經平靜下來，不疾不徐地說：「關於新產品，給姑娘四成的利潤，兩位意下如何？」

這個利潤已經很高了，孫老闆深知，不拿出絕對的誠意是得不到自己想要的東西的，喬月手中掌握著技術，她找誰合作都是一樣，就算是賣技術，想來也會有人搶破頭想要，雖然這竹編不是什麼稀罕物，但創新卻是最難得的。

京城的市場很大，有錢人也很多，買東西講究的就是一個精緻和新奇，孫老闆相信自己的眼光，與喬月合作絕對穩賺不賠。

「小妹，妳覺得怎麼樣？」蘇彥之湊過去問。

喬月正在沈思，耳邊突然拂過熱氣，頓時渾身起了一層雞皮疙瘩，她不自在地偏了偏身子，說道：「三哥覺得呢？你讀書多，比我聰明。」

蘇彥之眼神淡然，點點頭說道：「我覺得可以。」

喬月對此也沒有什麼異議，每三個月出新品，這也不是什麼難事，萬變不離其宗，竹編可做的花樣多了去，恐怕到時候不想出新品的是孫老闆。

意見達成一致，孫老闆當面把協議重新寫了一遍，一式兩份，雙方簽字按手印後，這次的合作就算完成了。

出了鋪子，喬月送蘇彥之回書院。

「三哥，今天多虧有你，要不然我就要被人坑了。」喬月露出一個明媚的笑容。

蘇彥之淡淡微笑道：「小妹客氣了。」

喬月看著他微笑的模樣，愣了一下。

經過大半個月的食補，蘇彥之的氣色好了不少，之前總是有些蒼白的臉也多了絲血色。他本就生得俊秀，只是面對喬月總是面無表情，這突如其來的溫柔笑容，著實讓人驚豔。

見喬月盯著自己，蘇彥之意識到什麼，斂了笑容，說道：「送到這裡就可以了，妳回去吧。」

喬月停下腳步，不知道他怎麼突然有些不高興了，聽他這樣說，便「哦」了一聲點點頭。

「咳，路上不要貪玩，注意安全。」蘇彥之叮囑了幾句，快步往書院的方向去了。

真是奇怪。

喬月嘀咕了一句，跨上元寶的背往回走。

轉眼過了一個多月，蘇家的房子已經蓋好了三分之一。

為了能盡快蓋好房子，蘇家兩兄弟請了五、六個小工來幫忙，速度一下子快了許多。

「師傅們，吃晚飯了！」喬月從廚房走到正屋那裡喊了一聲。

「好，月丫頭，今天吃什麼啊？」砌牆的張師傅拿著布巾擦了擦汗，笑咪咪地問。

這段時間他們可是吃到了不少美味，炒螺螄配酒、香酥魚、酒釀圓子，又軟又大的包子、饅頭，以及勁道十足的手工麵條。

現在每天傍晚，這些師傅們都會開始期待晚上吃什麼。

李師傅是個五十多歲的中年人，又瘦又黑，笑起來臉上的皺紋很深，他站在水缸邊洗手，笑著道：「月丫頭的手藝有保證，做什麼都好吃。」

喬月笑著道：「李大叔最會誇人了，待會兒李大叔可要多吃一碗。」喬月往廚房走去。

「今天晚上吃豬肉白菜餡的餃子。」

十來個人來到廚房，見白白胖胖的餃子在兩口大鍋裡翻滾著。

「哇，看起來就很好吃！」一個年輕人吞了吞口水，拿起碗搶著盛了一大碗。

「三小子，瞧你饞的。」張師傅笑著拍了下兒子的肩膀笑罵一聲。

「哥哥嫂嫂們多吃點，不夠我再煮。」喬月給蘇大郎的碗裡倒了點醋。

劉氏把雞鴨趕回雞舍，洗了手走進廚房，說道：「月兒，妳也吃啊，包了一整天了。」

「知道了，娘。」喬月點點頭，拿了碗盛餃子。

趙氏挾起餃子咬了一口，豬肉的鮮味和白菜的清甜完美融合在一起。「唔，真好吃，小妹手藝真是沒話說，這餃子包得也好看。」

每個餃子都被捏了好看的摺子，每一個餃子又大又飽滿，一口下去油水還在往外冒。

坐在外面的工人師傅們也在誇讚餃子好看又好吃，一口一個，一大海碗不一會兒就吃完了。

兩大鍋的水餃全都吃完後，幾個年輕的工人還端著碗問有沒有，喬月分明瞧見他們已經吃了滿滿三大碗。

被他們的食量驚到，既然沒吃飽，那自然不行，喬月把剩下的水餃都煮了，三個人就圍坐在廚房裡等，一人一碗半，吃了個肚圓，打著飽嗝離去了。

「哎，這喬家姑娘真是心靈手巧，咱們村誰家的姑娘有這麼好的手藝？」

「是啊是啊，我在外面做事十幾年了，從沒哪家有蘇家這麼大方，每天大米飯吃到飽，還天天有葷，餃子、麵條、包子，也都好吃得很！」

已經走遠的師傅們說的話，隨著晚風飄散在空中。

第二十一章

七月底，天氣已經很熱，幹活的師傅們都趁早上涼快來得早。

喬月來到後山的山腳邊，那裡是蘇家挖的一個地窖，冬季的時候用來儲存食物。把窖口的石板移開，喬月拎著籃子爬了下去。

不大的地窖裡放了好幾排竹製的架子，掀開薄布，露出一排排各種顏色的皂。

這些皂已經放了兩個月，冷皂的成熟期到了便可以拿出來使用了。因天氣炎熱，喬月擔心皂會融化，便把它們放在涼爽的地窖裡。

取了這些皂後，喬月騎著毛驢帶上午飯往縣裡去。

「張姊姊安好。」一熟門熟路來到芳容閣，喬月擦了擦額頭的汗水，喊了一聲張娘子。

「是喬妹妹啊，快進來喝口水歇歇。」張娘子穿著一身嫩綠色的齊胸襦裙，臉上是精緻的妝容，執著一把團扇從躺椅上站了起來。

天實在太熱了，梅兒端來一碗金銀花煮的涼茶，喬月一口氣喝完了。

張娘子笑咪咪地坐回躺椅上。「天這麼熱，喬妹妹怎麼來了？」

喬月呼了一口氣，拎起地上的筐子，說道：「張姊姊，我是來送皂的。」

「哦，已經做好了？」張娘子眼睛一亮，只見喬月從小筐裡拿出一個個用油紙包裹的皂。

「這是紅玫瑰蜂蜜皂，保濕的效果非常好；綠茶皂有延緩皮膚衰老和美白的功效；這是紫芍藥椰子油製作的，清潔能力極好，用來清洗妝容非常有效果；這是蜂蜜牛奶皂，美白滋潤又舒緩；這個是用薰衣草精油製作的，有緩解臉上痘痘的作用。」

喬月介紹著自己帶來的冷皂，張娘子聽她說的眼神都變了。

「真有這麼好嗎？」她拿起一塊玫瑰蜂蜜皂聞了聞，玫瑰馥郁的香氣裡透著蜂蜜清甜的味道，好聞又不膩。

喬月微笑道：「張姊姊可以試試這款椰子油的，卸妝能力非常好，又乾淨又不刺激，洗完臉，皮膚會變得很嫩。」

張娘子摸了摸自己的臉，點點頭，招呼梅兒端來一盆水。

先用水打濕面部，再把美容皂打濕，在手心揉搓出泡沫塗在臉上，細細按摩揉搓，芬芳的香味立刻飄散開來。剛踏進店裡閒逛的兩個姑娘聞到味道也走到旁邊來。

張娘子揉搓了片刻後將臉上的泡沫洗掉，瞬間，她感覺臉上溫和又清爽，好聞的香味縈繞在鼻端，比熏香的味道淡雅多了。

「還真挺乾淨的，臉上也沒有乾乾的感覺。」張娘子拿著鏡子左照右照，頗為滿意。

旁邊一個穿粉紅色紗裙的姑娘伸手摸了一下張娘子的臉。「好滑好水的感覺，是因為用了這個嗎？」

見有客人問，張娘子立刻來了精神。「是啊，姑娘，我們家這個紫芍藥椰子油潔面皂，效果非常好，您看我這臉又軟又滑，就是因為用了這個皂。」

兩個姑娘好奇地拿起一塊玫瑰皂聞了聞。「好香啊。」

張娘子立刻介紹道：「這是玫瑰皂，用了這個能美白，保證您的皮膚變得又白又水靈，還自帶芳香。」

被她說得心動，藍衣姑娘問：「這個怎麼賣？」

張娘子看向喬月，喬月給她比了個手勢，張娘子會意地點點頭。「五兩銀子一塊。」

「五兩？這麼貴啊。」兩人對視一眼，放下了手裡的玫瑰皂。

張娘子哎喲一聲說道：「姑娘，這價格是貴了點，但是東西難得啊，我敢保證，除了我這洪安縣沒別的地方賣了。」

兩人有些猶豫，張娘子又說：「再說了，這皂的效果好啊，美容養顏，用了皮膚不知道會有多好，這東西難製作，我都等了好幾個月了，剛到店裡可巧您二位就趕上了，要是晚個一天兩天的想買都買不到了。」

這一番話徹底說動了兩人，兩人不由自主摸了摸腰間的荷包，點點頭道：「我們要一塊玫瑰皂和一塊蜂蜜牛奶皂。」

「好好好！梅兒，快給二位姑娘包起來！」貨剛到就開張，張娘子笑得眼睛都眯起來了，她看著喬月湊過去問道：「喬妹妹，這皂盒子……」

喬月點點頭，掩口小聲說：「五文錢一個，張姊姊要嗎？」

張娘子表情凝滯了一下，隨即笑道：「當然要。」只是說話的語氣有那麼點咬牙的意思。

喬月全當沒看見，皂盒雖然只是附帶品，但她也不能一直無償贈送，畢竟也要花時間做出來。

順利做完了一筆生意，兩個姑娘開心地離去了。

張娘子坐下飲了一口茶，剛才說了一大通，嗓子都乾了。

「喬妹妹，這皂是四兩銀子一塊吧。」張娘子道。

方才她賣五兩銀子是看了喬月的手勢決定的，一塊皂賺一兩銀子，等日後市場打開了再加價不遲。況且這個價格在洪安縣這個小地方已經算是很高了。

喬月點點頭，看了眼門外說道：「張姊姊，我還要趕著給我哥哥送飯，妳看……」

張娘子笑了一聲道：「哦，對，差點耽誤妳了，咱們這就把銀兩算一下。」

張娘子讓喬月稍等，她走進裡間，不一會兒拿著一個匣子走了出來。

「喬妹妹，這是銀票，在興發錢莊兌換即可，妳數一數。」

喬月接過銀票清點了一下。「多謝張姊姊了。」

張娘子笑著道：「客氣客氣，不知喬妹妹的下批皂要等到什麼時候？我心裡好歹有個數。」

喬月道：「約莫一個月後。」

「要這麼久啊！」張娘子眉頭輕皺。「能否縮短一些時間？」有銀子賺不到難受得緊。

「張姊姊，這批冷皂的效果與之前的皂區別非常大，效果也好了不止一星半點。再說了……」喬月神秘一笑。「飢餓行銷，張姊姊聽過嗎？」

張娘子搖搖頭。

這是什麼新詞，她倒是不知。

喬月給她解釋了一遍。「要想把價格提上來，這貨源就不能太滿，有時候得不到才最令人念念不忘。」

張娘子眼睛亮亮地直點頭，喬月的意思她懂了，她眼珠轉了轉，問道：「不知下一批喬妹妹有多少，若是有客人預訂，姊姊我好應對。」

喬月笑著點頭，讓張娘子拿紙筆來記下。

張娘子依言照做，片刻後笑著道：「這下姊姊我心裡就有數了。」

喬月告辭後，騎上小毛驢往書院的方向去了。

耽誤的時間有點長了，喬月到的時候便見到周勤在大樹下走來走去，不時地抬頭看向這邊，似乎有些著急的模樣。

「周大哥，不好意思，我來遲了。」喬月打了元寶一鞭快步過去。

「小妹，妳可來了。」周勤著急的面容放鬆下來。

喬月四下看了看，問道：「我三哥呢，被夫子留下來了嗎？」

周勤搖頭。「彥之生病了，早起的時候說有些頭暈，便留在家裡休息，說是好些了就來書院。」

他又皺起眉頭。「這都正午了，彥之還沒來，不知道是怎麼回事，是不是病情變嚴重了？」

喬月一聽蘇彥之生病了也著急起來，她把午飯往周勤手中一塞，說道：「周大哥，這些飯菜你吃了吧，我要趕緊回家告訴娘，一會兒我就去你家看看三哥。」

說完便翻身而上，喝了一聲掉頭就走。

周勤追了幾步大喊：「妳知道我家在哪嗎？」

「知道，三哥說過！」

第二十二章

喬月飛奔回家告訴劉氏這個消息後，劉氏著急地恨不得立即出現在兒子身邊。現在家裡忙亂，劉氏和兩個兒媳要負責十幾人的飯菜和家裡衛生，一時之間也脫不開身。

「月兒，妳趕緊去看看三郎怎麼樣了？」劉氏焦急地道。

喬月點點頭，把背包拿下來遞給劉氏，讓劉氏收好裡面的銀票。

劉氏把銀票拿出來，又放了些銀子在背包，塞進喬月懷中。「這些銀子妳拿著用，家裡現在不缺銀子。」

喬月沒有推辭，揹上背包跨上驢背。「娘，我會帶三哥看大夫的，您別太擔心。」

劉氏不放心兒子在別人家裡，又說：「要是周家不方便，妳就帶三郎去客棧住幾天，要是銀子不夠就回來拿！」

「知道了，娘！」喬月應了一聲，駕著元寶離開了。

周勤家位於元和村，喬月騎著毛驢跑得飛快，到了元和村時只花了兩刻鐘的時間。

沿路打聽了一下周家的位置，喬月來到一戶小院子前。

一眼看去周家與蘇家也差不多了，老舊的土牆小瓦，院門看起來也是很多年前的了，木門已經掉了色，風吹日曬的多了很多缺口。

喬月牽著元寶上前敲門，門沒關，一用力就被推開了。

她把元寶拴在門邊的樹上，喊了一聲「有人在家嗎」，抬腳走了進去。

院子裡靜悄悄的，喬月又喊了一聲，聽見一個男人應答的聲音。

「誰呀？」

一個約莫四十歲的男人拄著枴杖走了出來，他皮膚黝黑，身材微瘦，見喬月站在院子裡，疑惑地打量她一下。「姑娘，妳找誰？」

喬月禮貌地道：「是周大叔吧，我是蘇彥之的妹妹，我來看看他。」

周忠「哦」了一聲，指了指正屋裡面說道：「來找三郎的，他在裡間。」

喬月道了聲謝，趕緊走了進去。

吱呀一聲，房門被輕輕推開。

「三哥？」喬月喊了一聲。

屋中沒人應答，喬月抬腳走了進去，簡陋的房間裡只有一張床、一張書桌，以及牆邊的一個大衣櫃。

「三哥？」喬月提高聲音，往床邊走去。

「唔……咳咳！」床榻上昏睡的蘇彥之朦朧間聽見有人叫自己，想要應聲，喉嚨卻火燒火燎的，根本發不出聲音。

「三哥，你怎麼樣了？」喬月趕緊走過去，只見床榻上的蘇彥之合著眼，雙頰泛著不正常的紅暈，嘴唇卻是蒼白無比。

喬月一驚，趕緊伸手探他的額頭，觸手的高溫嚇了她一跳。「三哥，三哥醒醒！」

蘇彥之費力地睜開眼睛，他感覺腦袋昏沈沈的，眼皮沈重，喉嚨乾痛，一開口喉嚨被撕扯的痛讓他眉頭緊緊皺了起來。

「小、小妹？咳咳，咳咳！」他咳得滿臉通紅，想要坐起來。

「三哥你別動，躺著休息，我去給你倒點水。」喬月伸手扶著蘇彥之躺下，走到書桌邊拿起茶壺倒了些水。

「三哥，喝點水。」喬月端著水，小心地把蘇彥之扶了起來。

冰涼的水緩解了灼燒的喉嚨，蘇彥之呼了口氣，啞著聲音道：「妳怎麼來了？」

喬月順手把碗放在床邊的凳子上。「中午我去送飯，聽周大哥說的。」她拉來薄被給蘇彥之蓋好。「三哥，你好好休息，我去縣裡給你抓點藥。」

蘇彥之虛弱地點點頭。「嗯，辛苦妳了。」

「不辛苦，你是我哥哥嘛。」

喬月跟坐在堂屋的周忠打了聲招呼便往外走，迎面撞見一個戴著頭巾、挎著籃子的婦人。

「妳是？」周勤的母親洪月芬疑惑地看著面生的喬月。

周忠道：「她是三郎的妹妹，來看看他。」

洪氏「哦」了一聲，說道：「三郎今天早上就不舒服，一直在家躺著，本以為休息一下就好了，沒想到變得更嚴重了，我趕著去山上挖了點草藥想給他熬點水喝。」

喬月看著她手中的籃子，裡面裝了滿滿一籃的車前草。

喬月感激道：「有勞嬸子了，三哥他正在發著高熱，我去縣裡抓點藥回來。」

洪氏點點頭。「那妳快去吧，病情耽誤不得。」她揚了揚手中的籃子。「我先做車前草汁給三郎服用，緩解一下他的病情。」

「哎，多謝嬸子，我先去了。」喬月應了一聲，走到門邊騎上元寶飛奔離去。

來到藥鋪跟大夫說明了情況，大夫給她開了幾劑藥，說明了服用的方法，喬月用心記下。

付了錢，出了藥鋪，剛跨上元寶的背準備往周家趕，卻又想到什麼，趕著元寶往集市走去。

回到周家後，喬月趕緊找洪氏要了藥罐開始煎藥。

看她忙裡忙外、動作麻利的模樣，洪氏覺得喬月真是個不錯的孩子。

「喬姑娘，累了半天喝點水吧。」洪氏端著一碗涼茶遞給喬月。

「多謝嬸子。」喬月擦了擦額頭的汗珠，一仰頭，咕咚咕咚喝了個底朝天。

「嬸子，我哥哥這幾天在你們家多有打擾了。」喬月拿著扇子搧火，不一會兒，小火爐的火苗就旺了起來。

洪氏坐在一邊跟她說話，聞言笑道：「哪裡哪裡，三郎平日多有照顧我們家周勤，不嫌棄我們家簡陋前來借宿，我和他爹都很高興。」

這是洪氏的心裡話，她公公、婆婆死得早，家裡的勞動力只有她和周忠，後來生下了周勤，家裡的重擔就全部壓在周忠一個人身上。

一家人省吃儉用地供周勤讀書，兒子爭氣，十幾歲就考上秀才。為了讓兒子有更好的資源，周家夫婦賣了家中好幾畝薄田，勉強湊夠銀子送周勤進了天文書院。

剛開始因為家中貧窮，周勤沒錢買紙筆，只能撿舊的用，平時練字用的都是水，就是為了省點紙。

十幾歲的少年正是吃飯長身體的時候，周勤卻每天食不果腹，在書院餓暈過好幾次，怕他們擔心從沒說過。

而家境同樣貧寒的蘇彥之卻一直默默幫助著周勤，分給他飯吃、教他功課，宛如兄長一般。

周勤與蘇彥之的事情他們都不知道，還是上次蘇彥之昏迷生病，周勤自責不已才跟他們說了這件事。後來蘇家農忙，周勤請了好幾天假去幫忙，算是小小報答蘇彥之。

後來又聽周勤說蘇彥之的妹妹每天送飯都會給他帶一份，還買包子給他吃，周家夫婦對蘇家人更是感激了。

在聽到蘇彥之因為家中蓋房子要來他們家借宿的時候，周氏夫婦是打心眼裡歡迎，洪氏都想好了，家中雖然困窘，但是一定要把蘇彥之照顧好。為此，她特地跑了一趟娘家，求著母親借了二兩銀子來用。

自己人吃粗麵、喝稀飯可以，但是對蘇彥之，周家夫婦的想法都是一樣的，一定要給他吃飽吃好。

沒想到蘇彥之在來的當天竟然帶了一包大米和一袋白麵，還買了幾斤梨給她，說是送給長輩的禮物。

洪氏沒想到蘇彥之不僅為人熱心仗義，就連禮節也這樣好，知道他們家的情況竟然連吃食都帶了，這樣貼心，真是讓人很難不喜歡。

想起自己那個毛躁的兒子，洪氏總是多叮囑他要和蘇彥之多學習，能幫助人家的地方一定要幫，直說得周勤以為蘇彥之才是她的親生兒子。

等待熬藥的時候，喬月出門把放在院子裡的一個筐拎進了廚房。

「喬姑娘，這是什麼？」洪氏問。

喬月把東西倒在地上，端來一個小板凳坐著，回答道：「這是蘆葦根，有清熱去火的功效，剛才我路過村上一片湖泊見有很多蘆葦，便採了一些過來。」

「哦！」洪氏點點頭，這應該是給蘇彥之用的。「那要怎麼用呢？煮水喝嗎？」

她學著喬月的樣子把蘆葦根清理乾淨，喬月道：「煮水，用這個水來煮粥給三哥吃。」

生病的人最是沒胃口，吃點易消化的粥類就挺好，把蘆根水放進去能達到一些輔助治療的效果。

這蘆根是以前的農村人家常用的，小時候喬月感冒發燒，爺爺都會煮蘆根水給她喝，家裡也常備了很多乾蘆根以備不時之需。而且蘆根茶還可以治療因肺熱、胃熱所引起的口臭問題。蘆根茶雖然性寒，但味甘有力，也有生津止渴的功效，最適合夏天飲用。

洪氏聽得一知半解，但也知道這是個救急的方子，詢問了一下要怎麼挖、如何保存後，她決定有時間也去挖一些曬乾放在家裡，以備不時之需。

「三哥，喝藥了。」喬月端著藥湯走進房間。

蘇彥之喝了車前草藥汁後，燒得沒有那麼厲害了，見喬月進來，他扶著床框坐了起來。

「多謝。」

蘇彥之伸手接過藥汁，觸手便知道是正適口的，心中微微一動，看著晃動的褐色藥汁，他皺著眉，一鼓作氣地喝完了。

「三哥，給。」喬月突然伸手，掌中的一個小紙包上放著幾塊黃褐色的飴糖。

「給我的？」蘇彥之微微一愣，他已經不是怕苦的小孩子了。

喬月皺皺鼻子，笑著道：「藥太苦了，吃個糖就好了。」

說完不待蘇彥之拒絕，把小紙包塞進他的手中後，端著空碗，交代一聲讓他好好休息便轉身出去了。

蘇彥之看著房門關上，喬月的身影消失在視線中，他低下頭盯著手中的小紙包。糖啊……他已經很多年沒有吃過了。

第二十三章

傍晚，喬月說要帶蘇彥之去縣裡的客棧住。蘇彥之生病，喬月不放心，要親自照顧他。

洪氏勸喬月不要花那個冤枉錢，且蘇彥之本就感染風寒，這在路上被風一吹，萬一病情更加嚴重怎麼辦。

「還是在家裡住吧，房間裡有兩張床，待會兒我換一床乾淨的被褥，晚上讓周勤去隔壁牛大爺家借宿一宿就是了。」

洪氏見喬月面露遲疑，又說：「難道小月姑娘嫌棄嬸子這地方小，太簡陋了，住不習慣？」

喬月連忙擺手。「嬸子說的哪裡話，只是怎好委屈周大哥，他明日還要去書院。」

洪氏笑呵呵道：「哪有什麼委屈的，他與牛大爺關係不錯，小時候經常去他們家玩。前幾年牛大娘去世了，他們兩老膝下又沒有子女，只剩牛大爺一人也孤孤單單的，周勤那小子去玩，牛大爺是很開心的。」

洪氏極力挽留，還說晚上要做她最拿手的餅給喬月嚐嚐。盛情難卻，喬月便答應了下來。

周家離縣裡要比蘇家近一點，太陽還沒完全西沈，周勤揹著包袱回來了。
「周大哥。」
「喬月妹妹。」
兩人互相打了聲招呼。
周勤吸了吸鼻子道：「娘，您在做蔥油餅嗎？好香啊！」他探頭在廚房的窗戶看。
洪氏手上還沾著麵粉，笑道：「就你鼻子靈。」
爐子上的煎餅散發出蔥香，洪氏放下手中的麵團，走過去把餅翻了一面繼續煎。
「嘿嘿，我最喜歡娘做的蔥油餅，最好吃了！」
周勤笑得見牙不見眼。蔥油餅是他最喜歡的食物，家裡貧窮，很少吃白麵，這蔥油餅也就逢年過節吃一點。今天能吃到，想來是沾了喬月和蘇彥之的光。
喬月也在幫忙，灶臺的兩口鍋，一口鍋在煮粥，一口鍋則是在燒洗澡水。
爐子上的平底鍋滋滋作響，待餅煎得兩面金黃，洪氏轉身走到櫥櫃前拿出一個小罐子。
喬月走過去，見她用勺子舀出裡面的醬抹在蔥油餅上。
「這是什麼醬？」喬月彎腰聞了聞，似是黃豆醬的味道，香氣撲鼻。
「是我自己胡亂做的醬，好幾種醬混合在一起。」洪氏笑道。
這麼一小罐的醬用了半斤油，可把她心疼壞了，只有家裡有重要客人來的時候才會拿出來，拌飯、拌麵、抹在餅上都非常好吃，這是隔壁牛大娘在世的時候教她做的。

喬月點點頭，被煎餅的香味吸引了，蔥香混合醬香的味道，讓人聞著食指大動。

洪氏把煎好的蔥油餅放在案板上切成小塊，挾了一塊給喬月，有些緊張地看著她。「嚐嚐看怎麼樣？」

喬月接過來咬了一口，入口第一個感覺就是外殼很酥脆，但是厚薄不一，厚的地方餅沒什麼味道，薄的地方又脆又香。而最美味的地方當數這個醬了，香香辣辣，鹹淡適中，喬月頓覺驚豔。

「好吃。」喬月點點頭肯定道。

洪氏頓時放鬆下來，微笑著道：「好吃就好，周勤最喜歡吃這個餅了。」

她擀好手中的餅，在平底鍋中刷上一層油，把餅放下去開始煎。

喬月覺得洪氏做的蔥油餅味道非常好，尤其是這個醬，她在縣裡吃到的餅味道比這個差遠了。

但這個餅的厚薄影響了整體的味道，再來就是餅沒有分層，也會有影響。

「嬸子，這餅是用涼水和麵的嗎？」喬月問。

洪氏點點頭。「是啊。」

喬月看著她包入香蔥，再用擀麵杖擀成一張薄餅。

吃晚飯的時候，喬月把粥和餅送去房間給蘇彥之。周勤把廚房的小桌子搬到院子裡，說是在外面吃涼快。

洪氏切了一碟餅讓他給牛大爺送去。

「小月姑娘，多吃點。」洪氏又挾了一筷子餅放在喬月面前的小碟子上。「飯菜簡陋，招待不周了。」

喬月搖頭道：「嬸子哪裡話，是我們兄妹打擾你們了。」

洪氏見著喬月就喜歡，雖然喬月臉上有一塊胎記，但是絲毫不影響她活潑端莊的氣質。洪氏看了眼只知道埋頭吃餅、喝粥的兒子，主動打開了話匣子，與喬月閒聊起來。

「原來是這樣……」

洪氏的表情有些憐惜，沒想到喬月的親生父母竟然這麼狠毒，七月半出生怎麼樣？面上有胎記又怎麼樣？孩子是無辜的呀，若不是蘇三郎的母親，只怕喬月早就不在人世了。

見她面上滿是難過，喬月反而無所謂一笑，說道：「嬸子不必為我難過，就算他們沒有拋下我，依他們狠毒自私的性子，我在那個家也是遭罪。」

洪氏訝異地看著她這副灑脫模樣，心想只怕是早已傷透了心。

喬月又道：「說起來我還得感謝他們，若不是他們把我扔了，我也不能被娘收養，娘親很疼愛我，還有哥哥嫂嫂們，我在這個家過得很開心。」

洪氏點點頭，面上也露出笑容。而站在門邊的蘇彥之在聽見喬月說的這番話，心中卻升起了複雜的感覺。

若是以前的喬月，她肯定不會這樣說，她從來沒有覺得在蘇家過得有多開心，對他們這些哥哥也從不親近，娘親對她的付出也被喬家人挑撥得一文不值，在她心中，她不過是死去囡囡的替代品罷了，娘親疼愛的並不是她。

而這個失憶的喬月，在她心中竟然這麼喜歡蘇家嗎？她看得這麼清明，知道喬家那群人的真面目是自私狠毒的。

看著笑盈盈的喬月，蘇彥之想到她特地趕來照顧自己，心中不禁對她升起了前所未有的好感。

周勤說得對，有這樣一個敬愛他的妹妹，是他的福氣。

她現在已經不是以前那個喬月了，自己也不能一直拿以前的眼光來看她，這幾個月她為家做的、為自己做的都歷歷在目。

「三哥，你怎麼出來了？」

喬月一抬頭，瞧見站在陰影處的蘇彥之，站起身快步跑過去接過他手中的空碗道：「這碗放著就好，你病了要多休息，不能出來吹風。」

蘇彥之聽她這樣說，表情一反常態，有些蒼白的臉上露出一個如春風般和煦的笑容。

「我喝了藥已經好多了，把碗拿出來順便透透氣。」

蘇彥之拿過喬月手中的碗。「妳快去吃飯，一會兒飯菜涼了。」聲音是從未有過的溫柔，彷彿面對的真的是他疼愛的小妹妹。

喬月一時有些不適應，自從她來到這裡，蘇彥之看她的眼神裡總是隱藏著一股厭惡之色，自己努力這麼久，送飯、送背簍等等，也不過是讓他對自己的態度變得不再厭惡，可他從沒像現在這樣露出過真心的笑容，說話的語氣也溫柔得不像話。

喬月還有些發愣，洪氏喊了一聲，她回過神來，只見蘇彥之已經拿著碗去廚房了，她應了一聲轉身回去坐著繼續吃。

晚上，喬月拿著衣裳去後面的房間簡單地洗了個澡，回到房間時，見蘇彥之正坐在床上就著油燈看書。

「三哥，你該休息了，晚上看書傷眼睛。」

喬月實在不知說什麼好，蘇彥之太努力學習了，在家的時候除了吃飯、睡覺，手裡永遠拿著書，而現在明明才退燒，就又捧起了書本。

蘇彥之把眼睛從書本上移開，剛要說話，一開口又咳嗽起來，喬月趕緊端了水遞給他。

蘇彥之道：「這是今天夫子講的課，我特地拜託周勤給我記了筆記，沒多少，看完就休息。」

喬月「嗯」了一聲，心知他的脾氣便也不再勸阻，但在心裡不得不佩服。

原書中，面對蘇彥之讀書的描寫都是一帶而過，出現最多的就是挑燈夜讀、書院裡的測驗名列前茅。喬月總覺得擁有男主光環的人就是聰明，學習也是一點即通，根本沒有寒窗苦讀說得那麼辛苦。

但是當她親眼見到時，只覺得蘇彥之比書中所描寫的還要刻苦，夫子所教授的書，他無一不能背誦，颳風下雨從不間斷去書院。他身體不好，在書院的時間遠比其他人要短，可是他的成績卻是名列前茅。

這一切都是他刻苦用功得來的。

喬月走到自己的小床邊，床上周勤的被子已經被換掉了，喬月躺在床上透過窗戶的縫隙看著夜空中皎潔的月亮，耳邊是此起彼落的蟲鳴聲。

蘇彥之不知道自己是什麼時候睡著的，他看書看了好久，又寫了一篇文章，記憶有些模糊了，只記得耳邊似乎有人在說著什麼，他被輕柔地攙扶著躺在床上，不過片刻便沈入了黑甜的夢鄉。

他醒過來時，外面的天還沒亮，約莫寅正，他每天都在這個時辰起床看會兒書。點亮了床頭的油燈，房間裡只有他一個人，喬月不知去哪兒了。

蘇彥之趕緊披了衣服下床，推開門，院子裡靜悄悄的，只有廚房亮著。

蘇彥之走到廚房門前，只見喬月正站在小火爐前打著扇子，在給自己熬藥。

聽見腳步聲，喬月抬起頭見蘇彥之站在門口，便笑著打了聲招呼。「三哥，是不是餓了？怎麼起這麼早？」

蘇彥之走進去道：「不是，我每天都這個時候起床看書。」

「哦，真是辛苦。」喬月點點頭，轉身把淘洗好的米放進鍋中準備煮粥。

沈默了一會兒，蘇彥之道：「辛苦妳了。」

喬月動作麻利地引火，笑道：「三哥怎麼又客氣起來了？」

兩人正說著話，洪氏打著呵欠走了過來。「小月姑娘、三郎，你們怎麼這麼早？」

客人都起來自己做飯了，她這個做主家的才起來，真是太不禮貌了，洪氏走進去接過喬月手中的柴，讓她出來坐著，自己來燒火。

「嬸子，沒事。」喬月被趕出來，笑著說了一聲，轉身打水洗手，準備和麵。

「三哥，你回去歇著吧，一會兒早飯好了跟你說。」

「嗯。」蘇彥之應了一聲，轉身回了房間。

第二十四章

「周大哥，味道怎麼樣？」

堂屋內，眾人都坐在桌邊吃早飯，蘇彥之風寒好些了，也出來和大家一起吃。

周勤咀嚼著口中的蔥油餅，聽見喬月問，沒有回答，反而是奇怪的看了眼洪氏。

洪氏笑了一下，說道：「照實說就是了，娘不會生氣。」

聽見這話，喬月和蘇彥之都笑了出來，原來他是擔心這個。

周勤嚼了幾下吞下去，說道：「好吃，又香又脆，比娘做的還要好吃，嘿嘿！」

洪氏笑了起來，挾起一塊吃，眼睛一亮，看向喬月。「小月姑娘，妳是怎麼做的？口感這麼好，真厲害！」

聽她這麼誇獎，喬月有些不好意思。「我是按照嬸子的方法做的，只是稍微改變了一點。」

她這樣說，洪氏就來了興趣，端起粥喝了一口，問：「哦？稍微改變一下就這麼好吃？」

喬月絲毫沒有隱瞞。「嬸子做的餅味道很好，但是口感差了點，是因為用冷水和麵的緣故，麵沒有發起來。」

見幾人都在聽，她又道：「做這種蔥油餅，最好的和麵方法是一半麵粉用開水燙，一半麵粉用涼水和。再來就是蔥花不要包進去，把小劑子擀薄後刷上一層油，捲起來醒發，一盞茶的時間再擀薄，下鍋後烙至兩面金黃，最後刷上醬料、撒上蔥花，烙個半盞茶就可以出鍋了。」

「哦，原來是這樣！」洪氏聽了恍然大悟。

「先吃、先吃，吃完飯咱們再聊。」洪氏笑呵呵地，把盤子裡半個鹹鴨蛋給喬月。

「謝謝嬸子。」

吃過早飯，周勤趕著涼快去書院了，蘇彥之則是回到房間休息看書。

喬月怕劉氏在家擔心，與洪氏說了一聲便騎著元寶趕回家一趟。

「沒事就好。」

昨晚劉氏擔心地一夜未眠，今早的早飯也沒怎麼吃，聽見喬月這樣說，一顆心終於放回了原位。

喬月坐在樹墩子上幫忙拾掇青菜。「娘，我想去周大哥家照顧三哥幾天。」

劉氏點頭說好，又說道：「若是打擾到人家就帶三郎回來。」

喬月點點頭。「我知道了，娘。」

走的時候劉氏叮囑她要買點東西去周家，兩人都在周家打擾，該有的禮節一定不能落下。

喬月笑嘻嘻地道：「娘，我辦事，您放心。」

劉氏點了點她的額頭。「好好好，我女兒辦事最穩妥了。」

看著喬月離開的背影，劉氏不禁感嘆女兒失憶後變得越發討人喜歡了，做什麼事也都是心中有數，彷彿一夜之間就長大了。

回周家的路上，喬月跟路邊擺攤的老農買了一顆大西瓜和幾斤鴨梨，又買了些小麥粉和肉。早上做蔥油餅時見周家的麵桶都快見底了，而蘇彥之帶去的白麵卻是一點沒動，和大米整整齊齊地放在一起。

周父的腿傷了快三個月了，現在處於復健階段，每天都會拄著枴杖在院子裡走來走去，見喬月回來時拎了大包小裹，他趕緊喊了洪氏出來。

「怎麼買這麼多東西，家裡都有。」

洪氏一臉心疼，喬月拎的這些東西他們家過節也沒買過，難道是嫌棄在她家吃得太差了？

說完這句話，洪氏沈默地接過喬月手中的東西往屋內走，心中有些難受。

喬月卻似沒看到洪氏的表情，笑著和她往屋裡走。「是我娘說我和三哥在嬸子家多有打擾，讓我買點水果感謝嬸子。這麵粉是我自己買的，我吃得多，怕把嬸子家的米缸吃到見底，到時候大家都要餓肚子啦！」

一番話說得洪氏笑出了聲。「小丫頭，就會貧嘴。」心中那點不愉快頓時煙消雲散了。

午飯是兩人一起做的，喬月去山上找了些常吃的菌類，和肉片一起煮，味道格外鮮美。飯後，洪氏站在灶臺前洗碗，喬月坐在桌邊和她聊天。

洪氏說起周忠的腿傷，他們家前前後後快半年沒有進項了，周忠腿受傷前，平時就去山上打柴賣錢，閒暇時候就去縣裡給人家擔水賺點錢。

自從周忠傷了腿，看大夫抓藥花了不少錢，她在地裡刨的那點只夠維持家裡的一日三餐。

「唉！」洪氏嘆了口氣。「明年開春周勤的束脩都還沒著落，真不知道該怎麼辦？」洪氏愁得頭髮都要白了。

「哎呀，我怎麼跟妳說這些，不提這個沒意思的，咱們聊點別的。」洪氏意識到這些話對一個姑娘說有些不妥，趕緊岔開話題。

喬月聽在耳裡便上了心，說道：「嬸子，您和周叔怎麼不考慮做個小生意什麼的，總歸能多賺一點。」

洪氏把碗清了水放進櫥櫃裡，嘆氣道：「我和他爹什麼手藝都不會，能做什麼呀？」

「蔥油餅啊，您做的蔥油餅刷上醬，味道一絕！」喬月興奮地說。

洪氏怔了一下，旋即搖頭。「蔥油餅？這算什麼手藝，家家都會的東西，誰會買。」

第二十五章

雖然蔥油餅並不是什麼稀罕的食物，但洪氏製作的辣醬味道可不是什麼人都會的。

「嬸子可以試試啊，您做的醬味道非常好，肯定會有人喜歡的。」喬月勸說著她。周家都是善良的人，喬月希望他們能過上好日子。

原書中，周勤作為蘇彥之的好友，兩人在讀書的過程中一直互相幫助，周勤一直把蘇彥之看成自己的恩人，他受了太多蘇彥之在生活上和學業上的幫助。

因此，在蘇彥之高中狀元後，周勤在第二年也中了二甲進士，他暫住在蘇家，等候封官的聖旨。

原身對蘇彥之起了心思也是在蘇彥之高中後，她被喬家人蠱惑，覺得只要失身於蘇彥之就能成為官家夫人，反正以劉氏對她的感情，就算不能成功最後也不會怎麼樣。

但是這件事卻被周勤意外聽見了，劉氏拜託他順道去接喬七月回家，沒想到他們一家人正在秘密計劃這件事，言談中，喬七月說出要毒害蘇彥之的未婚妻，周勤驚駭慌亂中被喬家人發現。

寡不敵眾，周勤被喬家人打暈後綁起來，關在一處極為隱秘的地窖中。

周勤無故失蹤，京兆尹派出不少捕快都沒找到，一個月後的某天，有位放牛的村民在護城河中發現了周勤的屍體。

而周母洪氏因受不了這巨大的打擊一病不起，半年後便去世了。周父終日人不人、鬼不鬼的活著，整日徘徊在護城河附近，蘇家人再次看到他的時候，他的屍體已經被魚兒啃得面目全非了。

善良樸實的一家人下場淒慘，而罪魁禍首喬家卻活得心安理得，甚至還裝模作樣地給周家一家人上墳燒紙錢。

整個故事中，喬月最痛恨的就是這一段了，喬家那一群狼心狗肺的畜生，凌遲也不足以消人心頭之恨。

「小月姑娘，妳怎麼了？哪裡不舒服嗎？」

正在說話的洪氏見喬月面色突然變得難看，連忙關心地問。

「啊，我沒事，剛剛想起了一點不好的事情。」喬月看著面前的洪氏笑著道。

洪氏「哦」了一聲，想了想喬月的話，猶疑不定地說：「就算有人買，可是要去哪裡擺攤呢？還要交租子的吧？」

她最在意的是這個，要是賣不出去還要搭上攤位費，那不是賠了夫人又折兵？

不怪她這麼遲疑，實在是家裡已經捉襟見肘，任何一文錢都要計較著花才行。

喬月想起之前在縣裡打聽到的，說道：「有的地方會收攤位費，有的地方不會收，碼頭那裡一天要交十文錢，集市那裡倒是不用交錢，先到先得，只是那裡賣吃食的攤位多，競爭大。」

洪氏聽著眉頭皺了起來，喬月又道：「倒是有一個地方不收費，就是距離有點遠。」

「哪兒？」

喬月道：「縣北邊的採石伐樹區，那裡地方偏僻，不用收攤位費，小吃攤也少。」

洪氏聽她這麼說，點頭道：「這個地方我知道，妳周叔以前去那裡做過工。」

隨後兩人又聊了一會兒，洪氏覺得喬月說的很有道理，打算晚上跟周忠商量一下。

一眨眼三天過去了，蘇彥之的病情卻還沒好。

他是早產兒，從小就身體瘦弱，平時生點小病需要好多天才能好。

「三哥，我回家看看，下午再過來。」早上，喬月把洗好的衣服晾好，對廊下的蘇彥之說道。

蘇彥之捧著書聚精會神地看，喬月一連喊了好幾聲，這才回過神來。

「回家？好。」蘇彥之點了點頭，又說：「要是家裡太忙妳就不要過來了，我已經好多了，可以照顧自己。」

喬月「嗯」了一聲，把木桶提進廚房，隨後去房間裡揹上小背包，和洪氏打了聲招呼便牽著元寶離開。

進了村子後，喬月遠遠就看見很多人往蘇家的方向跑去，心中疑惑，喝了一聲，元寶加快腳步向前跑去。

「王大娘，出什麼事了？大家跑什麼呀？」喬月從元寶身上下來，拉著同村的一位婦人詢問。

「哎喲，這不是蘇家的丫頭嘛！」王大娘語氣誇張地喊了一聲，隨即急聲道：「剛剛聽別人說妳家出事了，有人死了！」

「什麼！」喬月震驚地瞪大了眼睛。

「妳快回……哎！」

王大娘的話還沒說完，眼前塵土揚起，喬月已經騎著毛驢疾馳而去。

第二十六章

「我可憐的兒啊，你怎麼就這麼去啦！」

蘇家門口，一個老太太坐在地上哭泣，旁邊躺著一具變得冰冷的屍體。

「你讓為娘的可怎麼過啊！你怎麼這麼狠心就丟下幾個孩子啊！」

一群人圍在一起竊竊私語，劉氏和兒子、兒媳站在一旁，臉色難看無比。

死掉的這人名叫張山，在蘇家做工，他是張工頭從隔壁村帶來的，不到五十歲，早些年死了老婆，家中有三個孩子和一位七十多歲的老母親。

今天天氣熱，還未到午時，劉氏就叫師傅們先歇息等待吃午飯。

大家都在樹蔭下坐著喝涼茶，張山覺得太熱，走到大水缸邊用盆子裝涼水倒在身上緩解暑熱。

沒想到兩盆水從頭頂澆下，盆子還沒放穩，張山就驟然倒在地上，等眾人跑過去看的時候，張山已然沒氣了。

「我堂哥是死在你們家的，你們就要負責任！」一個尖嘴猴腮的矮瘦男人擠進人群，指著蘇家幾人，氣憤地說道。

劉氏瞪著眼睛。「關我家什麼事，是他自己沖涼水出事的，又不是我們打死他的。」新房子還沒蓋好就出了一條人命，劉氏心裡覺得又委屈又晦氣，現在竟然還要負什麼狗屁責任。

張山的堂弟張二狗是鄰村有名的潑皮無賴，他一雙三角眼，眉梢吊起，陰惻惻地盯著幾人說道：「這我就不管了，反正人是在妳家出的事，我堂哥家就他一個壯丁，現在他死了，老娘和孩子誰養活啊？」

說話的嗓門震天響，張母哭得渾身顫抖，傷心至極，圍觀的村民也不禁被感染，紛紛出言勸慰。

劉氏臉色黑了一半，扭頭看著兩個兒子說道：「大郎、二郎，現在怎麼辦？」

兩兄弟互看一眼，蘇大郎青著臉說道：「怕是只能賠錢了事了。」

蘇二郎也是這個意思，他小聲說道：「這個張山我知道，家裡一貧如洗，是家中獨子，年近四十才娶上媳婦，沒想到第三個孩子生下來才幾個月人就出意外死了。三個孩子都還沒到讀書的年齡。」

三人正商量著解決辦法，張二狗見到人群裡的張師傅，抬起手指著他道：「張老六，我堂哥的死你也有責任，是你把他帶來做工的，要不是你，我堂哥就不會出事了，你也要賠錢！」

張二狗的雙眼中露出隱藏的得意之色，他正愁弄不到錢，沒想到這錢立刻就送上門來了。

張老六聽見他這話，臉色難看的彷彿吞下了一隻蒼蠅。

他帶人幹活快二十年了，出事受傷的不是沒有，但從來沒有人像張二狗這般要他賠錢的。

張老六的兒子張天陽氣得跳了出來，指著張二狗大罵。「張二狗，別到處攀咬，張山跟著我爹做事還是他自己求上門的，熱人不能沖冷水誰不知道，他又不是小孩子！」

「天陽！」張老六伸手把怒氣沖沖的兒子拽回身邊，讓他不要衝動。

張二狗一聽怒了起來，跳起來指著張天陽道：「放你娘的屁！人都死了現在還不是隨你們怎麼說，我看你們就是欺負他們家沒人，不想賠錢！我告訴你們，休想！」

他哼哼幾聲，指著蘇家幾人道：「我堂哥一大家子要養活，現在人沒了，你們賠一百兩倒還罷了，若是不賠，這房子別想蓋起來！」

「嘶！一百兩？這張二狗真敢要啊！」

「就是就是！」

「這麼多銀子就是村長家也難一下子拿出來吧，蘇家這麼多年都窮得很，能拿出這麼多嗎？」

「這不是訛人嗎？」

張山打零工餬口一個月才掙兩百文錢，現在張二狗張口就要一百兩，真是獅子大開口。儘管村民們覺得他要得多了，但看張母哭訴的淒慘模樣，又覺得這銀子要得不多，反正又不是自己出的。

蘇家一家人和張師傅的臉可就黑了，咬牙切齒地瞪著潑皮張二狗。

沒想到他竟然張口就是一百兩，當他們家是開錢莊的不成？

「張二狗，賠償的事情我們可以坐下慢慢商量，死者為大，你應當先處理你堂哥的後事。」蘇大郎沈聲說道。這張二狗看起來就不好惹，這裡人多，若是爭論起來也不好。

張二狗卻道：「不行！這件事就在這裡解決，不然誰也別想好過。」

「張二狗，你休要威脅人，張山的死責任本就在他自己，我們可以拿二十兩銀子給他辦後事，多的沒有。」

張天陽被這無賴氣得臉都扭曲起來。

「什麼？二十兩？」張二狗誇張地喊了一聲，跑到死去的張山身旁，往地上一躺，乾嚎起來。「堂哥，你睜開眼看看這群黑心的人啊，他們欺負你寡母和孩子啊，你為蘇家幹活累死了，他們還要撇清責任啊！」

「兒啊，你為蘇家累死了，剩下我們孤兒寡母的可怎麼辦啊！這日子沒法過嘍！嗚嗚嗚，我還是隨你一道去吧！」

張母哭著就要往旁邊的石堆上撞，幸而被人阻止下來。

「娘！」

喬月喘著氣擠進人群，跑到劉氏身邊。

「月兒，妳回來了。」劉氏看到女兒，面色鬆了鬆，眼中泛起淚，拉著喬月的手都在顫抖，指著地上撒潑打滾的張二狗，鐵青著臉說道：「妳看他們，紅口白牙誣陷我們，張山的死，眾師傅都是有目共睹，與我們一點關係都沒有啊。」

張二狗平日裡無賴慣了，這會兒在地上打滾撒潑，揚言要把幾個孩子帶來讓蘇家養活，還說要讓蘇家的房子蓋不下去。

「娘，怎麼不請村長過來？」村長是村裡的權威，但凡誰家有什麼事都要請村長出面主持，這都出了人命，怎麼不見村長呢？

蘇二郎苦著臉說道：「剛才妳二嫂已經去請過了，村長去了閔州，還要三天才會回來。」

喬月點頭，又道：「娘，不如報官吧，請縣太爺斷案。」

蘇大郎猶豫道：「報官……這不好吧？」

他們都是平頭老百姓，活了這麼多年連縣太爺的面都沒見過，而且這衙門也不是好進的，這出了人命，不管被告人有沒有責任，上堂先要承受十個板子。

喬月也知道小老百姓不想報官的心理，本著多一事不如少一事，況且還要挨板子，一頓板子下來就要躺上半個月，誰也不想受這皮肉之苦。

喬月安撫地拍了拍劉氏的胳膊，低聲對蘇大郎說了幾句話。

蘇大郎點點頭，走進人群揮手道：「鄉親們，給個面子，都散了吧，彥春在這裡謝過大家了。」

眾人見蘇大郎如此說，也知道這樣的事不好在眾人面前鬧，只能一步三回頭的忍下好奇心慢慢散去了。

「張師傅，你們也先回去吧，這兩天就不上工了。」劉氏說道。

「可這賠償……」張師傅還想說什麼卻被劉氏打斷，讓他們先回去，過兩天再來。

現在這種情況確實不適合待下去，張師傅招呼一聲，七、八個工人便都跟著離去了。

見村民們走遠，喬月對地上的張二狗道：「張二狗，你堂哥是死在這裡不假，但是他本身就有毛病，根本不適合做這種苦力活。」

喬月這句話一說出來，還在乾嚎的張二狗心中警鈴大作，立刻爬了起來，指著喬月道：「小丫頭片子，這裡哪有妳說話的分！」

他惡狠狠地瞪著喬月。「本朝律法可沒有規定身體不好就不能做工，不管怎麼說，人累死在妳家是事實。」

說著，張二狗的面色一變，「哦」了一聲，指著蘇家人說道：「原來你們知道我堂哥身體不好，你們是故意給我堂哥安排最累的活，這才累死了他！」

像是抓到了什麼把柄，張二狗精神一振，眼神惡毒地看著蘇家人。「你們這是蓄意謀殺，我要去告官！讓你們賠錢坐牢！」

喬月目瞪口呆地看著張二狗，她沒想到這張二狗竟然反咬一口說他們是故意為之。

其實喬月知道張山身體有毛病的事還是在書中看到的。書中的張山並沒有死，他辛辛苦苦養活著一家人，蘇彥之高中後蘇家在村裡大擺宴席，張山也帶孩子來沾沾喜氣，沒想到酒過三巡突然病發，幸好酒席中有一位郎中，這才撿回一條小命。

喬月剛剛說出來只是想證明張山的死與蘇家無關，自己有心臟病卻隱瞞下來做苦力活，又在熱曬後沖涼水，這連番刺激，這才導致心臟驟停死亡。

本朝有律法規定，若是工人隱瞞身體情況不報出了事，主家或雇人的工頭是不用承擔責任的。

可她沒想到，張山有心臟病這事只有他們家裡人才知道，張山年輕的時候就被大夫診斷出來，後來為了娶媳婦，家裡人一直對外瞞得死死的。她這一說，卻無法解釋是怎麼知道這件事的。

他們不是同個村子的人，給張山看病的大夫早已不在人世，喬月說的話非但沒有幫助，反而讓張二狗反咬一口。

「你、你胡說！」喬月瞪大眼睛咬著牙，她覺得這件事有點奇怪，這張二狗說話條理清晰，句句咬死張山是在蘇家累死的，撒潑打滾句句都是要錢。

自己堂哥的屍體還擺在地上，他竟絲毫沒有要收屍的意思，大有一副「我只要錢，其他的與我無關」的冷漠自私，一點都不顧及張母和屍骨未寒的堂哥。

而且，她剛才在人群中觀察了一會兒，這張二狗與蘇家顯然也是不相識的，他卻獅子大開口要蘇家拿一百兩銀子出來。

要知道，蘇家可不是什麼有錢的人家，他就算要賠償金也要要得合理，他那篤定的表情和語氣，似乎拿準了蘇家能拿得出這一百兩。

聽張二狗反口誣衊，還說要讓他們坐牢，劉氏和兩個兒媳立刻就慌了，求助的眼神投向家裡的兩個男人。

蘇大郎知道這件事怕是不能善了，他看著囂張的張二狗說道：「告官就告官，我們不怕你！」縣太爺的板子他接下來就是。

喬月點頭道：「不錯，告官，讓縣太爺來公斷，賠多少我們家認了。」

張二狗見情況不妙，這眼看著就要到手的一百兩銀子要飛走，那怎麼行，自己的債還等著這筆銀子來還呢，況且那人還教了自己一招。

張二狗眸光閃動，眼珠轉了轉，嘿嘿冷笑道：「若是你們不賠錢，我就去天文書院鬧，讓大家都知道蘇秀才家是一家黑心肝的人，累死了人還不賠償。」

看著蘇家人氣到快要發狂的模樣，張二狗得意地勾起嘴角。「我聽說蘇秀才天資聰穎，以後是要做老爺的人物，若是我一直跟著鬧，不知他在官家眼中的印象會不會有影響啊？」

這小人得志的嘴臉差點把眾人氣昏過去。

蘇彥之是劉氏的死穴，現在被張二狗拿住了威脅，他們也沒有辦法，劉氏咬緊牙根，死死盯著張二狗說道：「好，我答應你，賠你一百兩就是！」

「娘！」喬月跺了跺腳。這錢給的真是憋屈死了，她活了兩世還是頭一遭被人誣衊而無法自救。

「真的？」張二狗眼冒精光，興奮地舔了舔嘴唇，磨了半日終於成功了。

劉氏深吸一口氣，說道：「錢可以賠給你，但是你必須保證以後絕不再找我們的麻煩，這件事就此結束。」

「好好好！沒問題，我保證！」張二狗的態度立刻大轉彎，臉上的笑看得人只想打他幾拳。

「月兒，去拿錢過來。」劉氏面無表情地說。

「知道了，娘。」喬月應了一聲，無奈地往房間走去。

過了一會兒，喬月出來，把一百兩銀票遞到劉氏手中。

張二狗見到銀票，眼珠子都快貼上去了，雙手不住地摩挲。

劉氏說道：「若是你日後再來糾纏，我們就魚死網破。」

張二狗一雙眼睛黏在銀票上，他連連點頭，連聲保證。

劉氏顫抖著手把銀票交到張二狗手中，再也壓抑不住怒氣，只感覺腦袋「嗡」的一聲，雙眼一翻，暈倒在地。

「娘！」

「娘，您怎麼了！」

喬月和兄嫂們見劉氏昏倒，嚇得大喊起來，連忙把劉氏攙扶到房間裡。

拿到錢的張二狗走到張山身邊，彎腰扛起張山，對張母說道：「大伯娘，咱們回去好好安葬堂哥吧。」

張母「哎」了一聲，跟著張二狗往回走。

送走了大夫，喬月坐在床邊給劉氏打著扇子擦著汗。

劉氏已經昏迷半個多時辰了，大夫說這是氣怒攻心所致，沒有生命危險，只是有些傷身體，要靜養一段時間。

「二哥，這是五兩銀子，你拿去抓藥。」喬月從劉氏的錢箱子拿出五兩銀子交給蘇二郎。

「嗯，我馬上就去，娘就交給妳照顧了。」

一個時辰後，劉氏醒了過來，她扶著有些昏沈的腦袋，哎喲了幾聲。

喬月坐在旁邊守著快要睡著了，聽見動靜立刻清醒過來。

「娘，您醒了，有沒有哪裡不舒服？」喬月扶著劉氏坐起來靠在床頭。

劉氏有氣無力道：「月兒，娘腦袋難受。」她感覺腦袋裡一片混沌，連思考的力氣都沒有。

喬月輕柔地給她按摩著太陽穴。「娘，大夫已經來看過了，說您是氣怒攻心導致血液逆流，這才暈倒的，需要多靜養。」

劉氏「嗯」了一聲，閉上眼睛靠在床頭。

不一會兒，喬月感覺到劉氏的肩膀輕輕顫抖，傳來小聲的啜泣聲。

「娘，您怎麼了？」喬月擔心地問。

劉氏淚眼矇矓地拍了拍心口。「月兒，娘心疼啊！」

一百兩銀子啊！就這麼冤枉地賠出去了，她能不心疼嗎？一百兩銀子夠他們家生活好幾年了，一下子就沒了不說，還受了一肚子氣。

喬月安慰道：「娘，銀子沒了還可以再掙，您別傷心了。」

「咱們家這是得罪了哪路神仙啊，要遭此無妄之災。」出了事賠錢這是理所應當的，但是被人訛錢這就讓人難受了，尤其張二狗還是拿蘇家的希望蘇彥之來威脅他們。

文人最重要的就是名聲，若是蘇彥之的名聲有損，對他的將來是極為不利的。

況且明年就是秋闈了，朝廷對考中的舉人還會暗中進行抽查，若是言行失德，傳出什麼有損名聲的閒言閒語，前途也就完了。

張二狗顯然非常了解這一點，若是真讓這個潑皮無賴出去散播什麼不好的謠言中傷蘇彥之，導致不好的後果，蘇家定然接受不了這樣的打擊。

「娘，咱們就當是破財消災了，您別傷心了，身子要緊，家裡還指望著您呢。」喬月安慰著她。

這時，徐氏端著藥碗走了進來，聽見喬月的話也點頭說道：「娘，小妹說得是，您千萬要小心身體。」

「娘，先把藥喝了，再好好睡上一覺，過幾天就好了。」喬月接過碗試了試溫度，遞給了劉氏。

吞下苦澀的藥汁，劉氏拉著喬月的手道：「妳還是去照顧妳三哥吧，娘在家有妳兩位嫂子照顧，三郎在別人家總不好麻煩別人照顧的。」
喬月點點頭。「娘，我知道了。」
劉氏又叮囑道：「這件事別告訴三郎，免得他分心。」
「嗯。」喬月點著頭扶著劉氏躺了下來。「您好好休息，明天早上我就回來看您。」
見劉氏閉上眼睛，喬月和徐氏走到門口。「大嫂，娘和家裡麻煩你們多照顧了。」
徐氏道：「什麼麻煩不麻煩的，這是我們應當的。妳去好好照顧三郎。」
「嗯，那我走了。」
「好。」
騎著元寶走在路上，喬月腦子裡一直在思考今天發生的事。
她總覺得這件事很可疑，可是想不出原因。
蘇二狗的目的非常明顯，他不是要和蘇家作對，銀子才是他的目的。喬月眸色深沈，他們這次是被人擺了一道，而這人對他們家的情況非常清楚。
蘇家在村裡一向低調，多年前蘇老爺子還在世的時候，家中條件還算不錯，但也沒有因此炫耀得罪過人，這麼多年蘇家兄弟也都本分做人，從未與人結怨過。
喬月仔細回想書中的情節，並沒有發現有誰和蘇家結過仇。
難道是蘇彥之在書院得罪了人？

喬月想著，覺得這倒是很有可能，蘇彥之天資聰穎，在書院很得夫子先生們的喜歡，功課也是名列前茅，若是有人看不慣想要找事也並非不可能。

一路想著，喬月回過神來的時候發現元寶已經停在周家院子外了。

喬月很驚訝，她剛剛在想事情，似乎都沒怎麼指引元寶方向，沒想到牠竟然這麼聰明，認得周家。

她牽著元寶進了院子，蘇彥之在房間聽見動靜，走了出來。

「小妹，妳來了。」蘇彥之主動打了聲招呼。

喬月心不在焉地「嗯」了一聲，把元寶身上的東西拿下來走進了廚房。

天色已然不早了，蘇彥之晚飯時分的藥該熬起來了。

站在外面彷彿被無視的蘇彥之覺得很奇怪，喬月有點不對勁，回家前喬月還是笑盈盈的，還笑著跟自己打招呼，怎麼這會兒態度竟這般冷淡？

蘇彥之以為喬月回家受了氣，或是跟家裡人吵架了，他跟著進了廚房，見喬月正在給爐子生火，臉上表情淡淡的，他思忖了一下，開口道：「家中近來如何？娘和哥哥嫂嫂們還好嗎？家中是不是忙不過來？」

喬月抬頭看了他一眼，手中動作不停，把藥罐放到爐子上，口中道：「家裡……挺好的，娘和哥哥嫂嫂們整日忙著蓋房子的事，忙是忙，倒也忙得過來。」

蘇彥之注意到她臉上一閃而過的不自然，心道果然是在家中遇到什麼事了。他點點頭笑道：「哦，那就好。」

喬月「嗯」了一聲，坐在凳子上低著頭，不知道在想什麼。

氣氛有些尷尬，蘇彥之咳嗽幾聲，又說：「洪嬸子去菜園了。」

「哦。」喬月點點頭，見蘇彥之還站在門口，沈思了一下，問道：「三哥，你在書院和別人的關係怎麼樣？」

蘇彥之被問得有些莫名其妙，不懂喬月怎麼突然關心起他的人際關係來了，但還是回答道：「還好。」

……很籠統的回答。

喬月皺了皺眉，指了指身旁的椅子讓蘇彥之坐下。

待蘇彥之坐下後，又問：「三哥在書院功課名列前茅，就沒有人嫉妒你，跟你關係不好的嗎？」

「這……怎麼這麼問？」蘇彥之皺起眉頭。「不曾遇到過。」

喬月沒有說話，又陷入了沈思。

蘇彥之見她心事重重，想問問到底發生了什麼事，話到嘴邊就被回來的洪氏打斷了。

「小月姑娘回來了？」洪氏見元寶在院子裡吃草，便知道喬月過來了，又聞到了苦澀的藥香，便朝著廚房喊了一聲。

「嬸子。」喬月應了一聲，起身走了出去。

洪氏手中拎著籃子，裡面裝著蔬菜，還拎著一條約莫兩斤重的魚。

「嬸子去買魚了？」喬月走過去接過魚，是一條肥美的鰱魚。

洪氏笑著道：「沒有，是隔壁的牛大爺給的，他天天去河邊釣魚呢。

「對了，今兒晚上煮魚湯喝，哎，妳吃不吃辣呀？」

「吃。」

兩人一邊說，一邊走進廚房。

洪氏把魚清洗乾淨，剁成小塊，很大方地往鍋中加了一勺油，油熱後撒上一點鹽，把魚塊放進去煎。

待時間差不多了，再用鍋鏟把魚塊翻面，那一面的魚皮已經煎得金黃，一點也沒破。

魚煎好後加入兩瓢清水，蔥薑蒜和乾辣椒依次放入，再加上一勺自製的辣椒醬提味，鍋中的魚湯很快就燒開了，咕嘟咕嘟地翻滾起來，一股濃郁鮮香的味道飄了出來。

喬月道：「嬸子煮的魚好香啊！」

洪氏笑得有些得意，他們家經常會收到牛大爺送的魚，洪氏煮魚的手藝就是這麼練出來的，煮出來的魚湯比魚的味道還要好。

晚上，洪氏對喬月說明天想去採石場那裡支個攤子看看。

喬月高興地道：「好啊，多一條掙錢的路子總是好的，不管會不會成功，要試過才知道。」

洪氏有些不好意思的笑道：「嬸子想求妳一點事。」

喬月道：「嬸子言重了，有什麼事您說一聲就是。」

洪氏道：「周勤他爹的腿還沒好全，與我一道有點不方便，我想請小月妳幫嬸子。」

「沒問題。」喬月很乾脆地應下了。

洪氏臉上露出開心的笑容，說道：「不怕妳笑話，嬸子我從來沒有一個人出去辦過事，這一下要出去賣東西，這心裡還真有些害怕不安呢。」

她說的不假，自從嫁到周家，掙錢的事一直都是周忠負責，她只在家帶孩子、做家務。家中貧窮，她本身又不擅長交際，連熱鬧的集市都沒去過幾次。

喬月提出擺攤的事，剛開始她心中是有些抗拒的，一個整天在家中的女人突然要出去跟人打交道做生意，只要一想，她就開始緊張。

昨天晚上與周忠商量了一下，還是有些拿不定主意，躺在床上睡不著，腦中還在想，但周忠的腿還不知道什麼時候能完全好，家中的銀子已經用得差不多了，只出不進，要不了個把月真的要捉襟見肘了。

只要能掙到錢，什麼膽小害怕都要放到一邊，還有比吃了上頓沒下頓還可怕的事嗎？

這樣一想，洪氏便下定了決心，總要嘗試過才知道自己行不行。

第二十七章

採石場天未亮就開始上工，夏天天氣熱，只能趕著每天早上最涼快的時候做，巳正十分就休息。

洪氏從隔壁牛大爺家借來牛車，牛大爺快七十的人了還種著莊稼，耕牛一直在養著。鐵爐子、平底鍋、柴、已經發酵好的麵團、香蔥、辣醬和半桶水，再來就是摘幾片芭蕉葉剪成合適的大小，清洗乾淨用來包食物。

洪氏把東西一樣一樣放在牛車上，兩張小桌子一張用來擀麵，一張用來切麵餅放東西，其他雜七雜八的小東西用一個大竹籃就裝起來了。

採石場距離周家趕牛車也要一個時辰，洪氏和喬月天沒亮就啟程出發了。

到了採石場，已經有很多人在上工了，距離採石場一里路的地方就是伐樹區，那裡也有不少人，砍樹的聲音不絕於耳。

「嬸子，咱們就在這裡吧。」喬月指著前面一處空曠的地方，是主路的岔口附近。

「好。」洪氏點點頭，牽著牛停在一邊，和喬月一起把東西搬了下來。

天還沒完全亮，來擺攤的人還不多，只有一對年輕夫妻在對面路邊，正點著爐子準備蒸包子。

「小月，咱們開始做餅了嗎？」洪氏有些緊張地問。

喬月看了看四周，已經過去半個時辰了，又來了三個早點攤子，一家賣茶葉蛋和綠豆粥，一家賣餛飩，另外兩個老人賣的是米糕。

看來只有她們一家賣煎餅，也是，煎餅和那些蒸的食物不一樣，煎餅是要用油的，僅這一樣就要增加不少開支了。

看了看天色，東方天際已經冒出金光，約莫是辰初時分。喬月點了點頭，說道：「太陽快出來了，工人們等等該休息喝水吃早飯了。」

這裡地處偏僻，離縣中心就有快半個時辰的路程，客流有限，因而來這裡擺攤的只有那四家。

今天突然來了一家新人，那四家都好奇地盯著她們，想看看她們賣什麼？

喬月負責起火，在鍋子裡刷上蔥油，洪氏則把麵劑子擀薄後攤在平底鍋上。

燒熱的油滋滋地響了起來，濃郁的蔥油香隨著微風飄散在空氣中。

「好香啊，她們竟然在賣蔥油餅！」

賣茶葉蛋和粥的是一對年輕小夫妻，女子大約十七、八歲，她吸了吸鼻子，香味勾得她肚子裡的饞蟲都冒出來了。

餅子烙到兩面金黃後，洪氏在上面抹上一層暗紅色的辣醬，再鋪上一層切碎的香蔥，再烙上片刻就可以出鍋了。

她們這次做的蔥油餅並不是一大張切著賣，切著賣秤重有些麻煩，洪氏便烙一張張餅子賣，五文錢一個，價格事先做過調查，並不貴。

辰正時，上工的工人們都累得不輕了，一塊大石頭一百多斤，抬了一個多時辰，肩膀開始痠痛起來。

「嘶！好香啊，前面在賣什麼呢？」

結伴而行去吃早飯的工人吸著鼻子，捕捉到空氣中勾人的蔥油和醬香。

「走，去看看，肚子早就餓得不行了！」

幾人說笑著從石場走了過來。

「老張，還是老樣子？」

「劉師傅，今兒個幾個雞蛋呀？」

「夏師傅，來兩個肉包？都是新鮮的，味道有保證。」

三三兩兩的工人聞著香味往洪氏兩人這邊走來，還沒問賣的是什麼，便被熟悉的攤主給拉走了。

「嘿嘿，咱們還是去老地方吃吧。」似是不好意思拒絕，幾個工人訕笑著摸摸腦袋又轉身走了。

「怎麼會這樣？」洪氏面色很不好看，語氣也很失落，那四家攤子前片刻就圍滿了人，而她們這邊卻一個人也沒有。

喬月安慰道：「嬸子，他們在這裡擺了很久了，與這些工人都很熟悉，肯定比咱們初來乍到的要好。」

「那現在怎麼辦啊？咱們會不會一張餅也賣不出去？」

「咱們等一下吧，那邊伐木的應該快要來了。」喬月眼珠轉了轉，拿了兩張蔥油餅切成了小塊，用芭蕉葉托著，上面插滿製作好的小竹籤。

「妳這是要做什麼？」洪氏疑惑地問。

喬月道：「試吃，拉客，待會兒有工人過來，我去給他們試吃一點。」

「這樣有用嗎？」洪氏現在信心跌落到了谷底，原以為這麼多人最起碼能賣掉幾張回本，沒想到一個都沒賣出去。

喬月安慰道：「沒事，別急，伐木工人比這多好幾倍呢，肯定有人喜歡吃咱們的蔥油餅。」

「嗯。」洪氏點點頭。

過了一會兒，喬月耳尖地聽見有說話和腳步聲往這邊過來，她把芭蕉葉放在托盤上，捧著托盤走到岔路口。

「酥脆的蔥油餅醬香十足，來嚐嚐呀！」喬月突然喊了一嗓子，攤主和工人的目光瞬間被吸引過去。

洪氏愣在那裡看著喬月，那些猶如實質的目光讓她感覺很不好意思，白皙的臉瞬間就紅了起來，心跳都快了許多。

喬月毫無所覺，她盯著走過來的工人們，笑著道：「師傅，嚐嚐我們家的蔥油餅吧，便宜又好吃，都是用油煎的。」

走過來的工人見她一個小姑娘在路邊叫賣，臉上真誠的笑容沖淡了他們看到胎記的不適。

「大叔，您嚐嚐看，這是免費試吃的。」

「哥哥，嚐一下吧，我和嬸子今天剛來的。」

「叔叔，我嬸子做的醬味道可好了，您嚐嚐看。」

喬月笑著賣力地推銷，聲音清脆好聽，被她看著的幾個大老爺們感覺有些不好意思，紛紛停下腳步，取了一塊蔥油餅來吃。

「咦，這蔥油餅的味道不錯啊！」一個留鬍子的瘦高個兒說道。

「嗯，這醬的味道很合我的口味，不錯。」

「小姑娘，這餅怎麼賣啊？」試吃的三人都覺得味道不錯，一個年輕人詢問起來。

喬月回答道：「叔叔，我嬸子就在那裡賣，五文錢一個，價格很公道的，還送涼開水呢！」

幾人順著喬月指的方向走了過去。

「老闆娘，來兩份蔥油餅！」

「我要一份，多刷點醬。」

突然有人過來買餅，洪氏有些緊張地應了兩聲，趕緊包了餅遞過去。

「老闆娘，錢。」鬍子男見洪氏隻字沒提收錢，大笑著主動把錢遞了過去。

「不、不好意思。」洪氏更加緊張了，脖子都紅了起來，結結巴巴地說了一句，伸手接過了錢。

有人開頭，這生意慢慢就來了。

喬月把免費的試吃餅送完後，便回到洪氏身邊幫忙。

伐木區有近一百人，陸陸續續過來吃早飯，洪氏的攤位上也熱鬧起來。

擀麵、烙餅、刷醬，洪氏與喬月忙活起來，凡是買餅的人都能免費打一瓢涼開水喝。

半個多時辰後，歇腳的工人們陸陸續續又回去上工了，喬月和洪氏也歇了下來。

「哎，小月，坐下喝口水。」

洪氏坐到後面的牛車上，捧著一大碗水咕嚕咕嚕喝了個精光。

氣溫開始升高，曬得人額頭開始冒汗，喬月坐到牛車上喝水，拿了兩個餅，遞了一個給洪氏。「嬸子，忙了半天了，肚子餓了吧。」

洪氏擦擦額頭的汗，接過餅笑著道：「累得好，累得開心。」

兩人坐在大樹下乘涼，洪氏問道：「咱們賣了多少餅？」剛才那一陣忙，她都不記得賣了多少餅了。

喬月想了一下說道：「不知道，我也沒數。」

洪氏笑著道：「得，咱們回家再說。」

收拾好工具，洪氏趕著牛車和喬月往回走了。

到家的時候已經是正午了，回到家第一件事就是數一數今天賺了多少錢。

「一百零五文！有一百零五文！」洪氏數完，驚訝的不得了。

喬月笑著道：「太好了！」

周忠坐在凳子上，看著盒子裡的銅板也很高興。「今天辛苦妳們了，還要多謝喬姑娘。」

洪氏點頭。「對，小月姑娘是最大的功臣。」

見她手中抱著米盆，洪氏放下錢盒子，一把拿過來。「妳歇著，午飯我來做！」

喬月見她高興，也不再多說什麼。

傍晚的時候，兩人正在廚房準備晚飯，周勤急匆匆跑回來，沒顧得上跟院子裡的蘇彥之打招呼，跑進廚房喊道：「喬月妹妹，我聽說有人在妳家死了，還要賠錢，這是怎麼回事啊？」

這話一出，原本笑著和洪氏說話的喬月臉色頓時變了。

院子裡的蘇彥之顯然也聽到了，他疾步走過來震驚地看著喬月。「這是怎麼回事？家裡出什麼事情了？」

「蘇兄，你不知道？」周勤看兩人的臉色不對勁，意識到自己說錯了話，聲音頓時小了下來。

蘇彥之沒空理他，見喬月沒說話，轉身就往外走。

「三哥，等一下，你要去哪？」喬月趕緊追了出去。

「回家。」蘇彥之很生氣，家裡發生這麼重要的事，喬月竟然不告訴他，就算不是家裡人出事，這都出了人命，不管是怎麼回事，也要告訴他才對。

喬月追上去拉著他的衣服，說道：「三哥你聽我說，這件事已經解決了，鄰村的張山是意外死亡，咱們家已經賠了錢了。」

蘇彥之腳步不停，就要跨出院子，喬月攔在他面前，說道：「是娘不讓我告訴你的，她就是怕你擔心著急傷了身體，你先坐下來聽我說。」

蘇彥之看著喬月，眼神冷冽，嘴唇抿得緊緊的，表情淡漠至極。

喬月知道，這是他生氣的表現。

拉著蘇彥之回到房間，喬月把昨天家中發生的事都說了一遍。

「……妳昨天問我跟誰關係不好，就是因為這個？妳覺得這是有人在蓄意針對我們家？」蘇彥之眉頭皺得死緊，問道。

喬月點點頭。「對，這件事很蹊蹺，這個張二狗的動機太明顯了。」

蘇彥之想到方才喬月說張山生病的事，疑惑地問：「妳說那張山有遺傳病，他們家裡人瞞得死死的，這才能跟著張師傅來做事，那妳又是從何得知他生病這件事？」

第二十八章

看著蘇彥之略帶審視的雙眼，喬月眼神閃了閃，避過他的雙眼，低下頭不說話。

一時間，房裡的氣氛似乎凝滯了。

而屋外，洪氏也被周勤說的話驚住了，連忙拉著兒子細問。

周勤道：「我是聽書院裡的人說的，說蘇家蓋房子死了一個人，賠了不少銀兩。」

洪氏「啊」了一聲，擔憂地看向房間。

家裡出了這麼大的事，喬月卻沒有告訴蘇彥之，難怪他這麼生氣。

洪氏沒好氣地看著兒子，捏著他的耳朵說道：「你呀，以後能不能沈穩一點，遇到事不要這麼大呼小叫，要是他們吵起來，我扒了你的皮！」

周勤求饒。「娘……疼疼疼！」他掙脫洪氏的手，躲到一邊揉著耳朵。

洪氏指著房間說道：「你快去聽聽他們有沒有吵起來。」

「啊？這不好吧？」周勤不願意，偷聽什麼的有違君子之風。

洪氏瞪著眼。「叫你去注意他們有沒有吵架，誰讓你偷聽了？快去。」

周勤「哦」了一聲，往屋裡走去。

房間裡，沈默了好一會兒後，蘇彥之見喬月不想說，便也沒有追問，開口道：「家裡賠了這麼多銀子，那蓋房子……」

雖然他知道這幾個月喬月給了家裡不少錢，但這麼多銀子一下子拿了出去，家裡的房子還沒蓋完……

見他沒有追問，喬月鬆了口氣。

說實話，昨天那句話說得實在太險了，若是被人深挖，難保不會出事。她真的是大意了，穿越到這裡幾個月，日子過得還算平安順利，處處小心的心態也鬆懈下來，昨天一著急竟然說溜了嘴。

這裡雖然是在書中，但眼前的人可都是活生生的，若有人追究起來，她這塊「失憶」的擋箭牌肯定是擋不住的。

雖然對這個世界有超前的了解，但若是不經大腦就說出來，輕則被人提防，重則被當成什麼有預知能力的妖魔鬼怪就麻煩了。

「三哥，你放心，蓋房子的錢不缺。」喬月說道。

蘇彥之點點頭，把話題帶到張二狗身上。

「我們家並沒有得罪過什麼人，我在書院也是一樣，這張二狗目的這樣明顯，究竟是何人指使的呢？」

喬月搖頭，表示自己也很疑惑。「這段時間張山在家裡做工，並沒有什麼異樣，不像是和張二狗合謀來害咱們家好獲得賠償金，但他母親知不知情就不知道了。」

蘇彥之陷入沈思。「這件事若真有幕後主使，那肯定要盡快把這個人給揪出來，否則依照張二狗潑皮無賴的樣子，早晚還會來上門鬧事。」

喬月說道：「你說得對，他能拿自己親人的性命跟人合謀算計咱們家，日後上門鬧事也不是不可能。」

兩人商量了一會兒還是毫無頭緒，喬月勸蘇彥之不要想太多，先把身體養好才最重要。出了房間，就見周勤站在門口有些尷尬地搔著頭，小心地問：「你們……沒吵架吧？」

喬月笑道：「沒有，怎麼會吵架呢，三哥最是明事理的。」

周勤鬆了口氣。「那就好。」看了看喬月的臉色，他小心翼翼地問：「你們家……還好嗎？」

喬月笑著道：「還好，沒什麼大問題，多謝周大哥關心。」

周勤不好意思地笑道：「沒事就好，若有需要幫忙的千萬別跟周大哥客氣，我一定盡力幫忙。」

「好。」

傍晚，喬月把中藥清洗乾淨放進藥罐中，又在裡面加了一些人參鬚一起熬。

蘇彥之這次生病，喬月特地去藥鋪花了十幾兩銀子買了很多補藥，食補和藥補交錯進行，慢慢將他的身體滋養起來。

喬月陪洪氏出了幾次攤子，原本有些緊張的洪氏已經變得游刃有餘，做餅、收錢，一個人也能忙得過來。

蔥油餅味道好，吃的人也變多了，只是那四家攤子因為被分走了客流，對洪氏說話是明裡暗裡的嘲諷，似乎要將洪氏排擠出去。

「哼！氣死人了，他們做得生意，我們就做不得了？指桑罵槐的說話那麼難聽。」

剛回到家，洪氏忍不住坐在凳子上抹起了眼淚。

「嬸子，別往心裡去了，那些人說什麼全當他們放屁就好了。」喬月坐在旁邊安慰著。

今天早上洪氏一個人去擺攤，沒想到剛到那裡就與其他攤主吵了起來，那些人譏諷她一個女人出來拋頭露面，這麼多天家裡男人跟死了一樣連面都不露。

這番話說得洪氏心中委屈又憤怒，忍不住跟他們吵了起來，無奈洪氏性格溫順，最不擅長吵架，被那幾家攤主氣得直掉眼淚，連餅都沒賣完就回來了。

喬月知道洪氏做的餅味道好，肯定會分掉那四家的客源，他們自詡老攤主，自然會抱團欺負新來的人。

「嬸子，不如等兩天，等周叔的腿好了你們倆再一起去？」

洪氏擦了擦眼淚，搖搖頭道：「沒關係，我自己去，他們說就讓他們說，以後我就當沒聽到。」

喬月點頭。「對，咱們不偷不搶，憑手藝賺錢，他們技不如人，就讓他們酸去。」

洪氏「嗯」了一聲。

喬月道：「嬸子，一會兒我和三哥回家看看。」蘇彥之的風寒已經好得差不多了，他實在不放心家裡，要回去看看。

「好。」

回到蘇家，蘇彥之見母親坐在房間裡縫補襪子，氣色看起來還不錯，遂放下心來。

「三郎，快坐下，怎麼今日回來了？你身體怎麼樣了？」劉氏見到多日未見的兒子，高興得不得了，拉著兒子的手關心地問。

蘇彥之道：「娘，我沒事了。您呢？身體怎麼樣？」

劉氏笑著道：「娘沒事，休息了這麼多天，已經好多了。」

「家中發生這麼大的事，您還不讓小妹告訴我。」

劉氏拍拍兒子的手。「沒什麼大事，已經解決了，娘不想讓你分心，你是家裡的希望，好好讀書就行了，家裡還有你兩個哥哥呢。」

蘇彥之知道自己是家中的希望，母親最大的心願就是自己能高中，但他已經長大了，是個男子漢了，家裡的事情自己也應該幫忙分擔才是。

他自小身體不好，小時候母親因為喬月對他也多有疏忽，後來長大了，母親便只讓他一心讀書，照料身體，家中的事情很少跟他提起。

蘇彥之拉著劉氏的手。「娘，兒子已經長大了，應當分擔家庭事務。」

劉氏笑著答應，又問了些在周家的事，像是住得習不習慣、和人家有沒有什麼摩擦之類的，蘇彥之一一回答了，劉氏又說家裡的房子很快就能蓋好了，到時候他就能回家住了，叮囑他在周家要禮貌謙和。

「娘，兒子知道的，您放心。」蘇彥之耐心地聽劉氏說完，點頭表示自己會的。

一個月後，天順賭坊。

「二狗，錢帶來了沒有？」

繞過兩條小巷，張二狗來到一家賭坊，不大的賭坊內人頭攢動，吆喝聲、押錯的嘆氣聲混雜在一起，不時還有贏錢的興奮叫喊。

張二狗剛走進去，一個四十多歲、膀大腰圓的男人走了過來，一把揪住張二狗的衣領。

「哎喲，陳爺，多日不見哪！」瘦小的張二狗在陳爺的手中像是一隻小雞仔一般。

陳爺皺著眉，不耐煩道：「去去去，少廢話，快點把銀子拿來，否則今天讓你吃不了兜著走！」

「您別生氣啊！」張二狗靈活地從陳爺手中掙脫，瞄了瞄四周，往角落裡走了一點。

「陳爺，您瞧。」他從懷中掏出一個十兩的銀錠子，在陳爺面前晃了晃。

「呦，你小子在哪發財了啊？」陳爺一把將銀子搶過去，撈住張二狗的脖子帶著他往前走，左手掂了掂掌心的銀錠子。「這麼一點可不夠啊！」

張二狗諂媚地笑道：「我知道，我知道，我今兒個都帶來了。」說著，他從懷裡掏出一張五十兩的銀票遞給陳爺。「陳爺，您可要把我的帳給銷了。」說著，從他手中取走了那一錠銀子。

陳爺拿著手中的銀票仔細分辨了真假，疊好放進懷中，哈哈笑道：「那是自然！走，昨天剛到了新花樣，狗爺去試試手氣如何？」

張二狗也笑了起來，一雙手早已癢得直搓起來。「好，陳爺請。」

張二狗嘿嘿笑著往賭桌方向去，這段時間他的運氣突然好轉起來，和朋友們玩牌九贏了不少錢，今兒個帶了一百多兩過來，把欠了好久的錢還了，再好好過過癮。

沈浸在賭博癮裡的張二狗沒有發現，跟在他身後的陳爺對一個半大少年暗暗使了個眼色。

從賭坊出來的時候，太陽已經落山了，張二狗摸著懷裡贏來的五兩銀子嘿嘿笑著，熟門熟路地鑽進一條亮著燈籠的長街，脂粉的香味隨著微風鑽進張二狗的鼻子裡，迷得他不知天地為何物。

經過張山的事，蘇家對工人的身體健康前所未有的重視起來，特地請了大夫過來為工人們一一把脈，防止有人隱瞞身體情況。

正值夏日，做的又是體力活，若是有人抱病幹活，萬一再出點什麼事，蘇家可承受不住。

因為這件事耽誤了好幾天的工程，後又遇到幾天大雨，沒法幹活。

天晴後，蘇家兩兄弟商議多請幾個人來幹活，盡快把主屋蓋起來，家裡這些人天天擠在一起，睡都睡不好。

又過了近兩個月的時間，蘇家的房子終於蓋好了。

大家都很高興，劉氏帶著兩個兒媳認真打掃了一整天。

「這兩間房，一間是三郎的，一間是虎子的。」劉氏分配著正屋的五間房間。「西邊的三間房間小一點，我和月兒睡這裡兩間，蕓娘和二丫睡一個房間。」

蘇大郎和蘇二郎夫妻四人跟在劉氏後面點著頭，走到門口，劉氏指著左右兩邊的房間說：「東邊這兩間，一間是大郎的，一間用來放東西。西邊一間是二郎的，一間是廚房。」

說完，劉氏看著幾人道：「你們覺得這樣安排行不行？」

「可以的，娘。」

「娘，我和大郎都同意。」

幾人哪有不應的，現在的房子又大又好看，孩子們能睡在正屋，也讓他們很滿意。

見幾人都同意，劉氏說道：「那明天就把東西全都搬進去，我明天去找神婆算一下，找個合適的時間辦幾桌酒席熱鬧一下。」

「哎，好好！」幾人不住地點頭。

另一頭，周家。

「嬸子，在你們家叨擾好幾個月了，這段時間承蒙您的照顧了。」

喬月把蘇彥之的東西收拾好放在元寶背上。

洪氏站在門口，有些不捨地拉著喬月的手。

「小月姑娘，嬸子有些捨不得妳。」

洪氏表情失落，和喬月相處了這麼長時間，她越發喜歡這個年紀雖小、做事卻非常穩重的姑娘。

洪氏只有周勤一個兒子，每天大部分時間都在書院，丈夫周忠也要在外面做工賺錢，家裡往往只有她一個人，冷冷清清地很是寂寞。

這段時間，蘇彥之住在他們家，喬月也三天兩頭過來，洪氏多了聊天說話的人，開心了不少，話也比以前多了很多。

況且擺攤掙錢的辦法還是喬月建議的，現在洪氏一個人去擺攤，每天能有近四十文的收入，等錢攢多一點，就去客流量大的地方，說不定到時候能掙更多的銀子。

現在喬月說要走，洪氏感覺很失落，言語間很是不捨。

喬月笑著道：「嬸子，我以後會常來看你們的。」

洪氏點點頭，她知道自己沒法阻止喬月離開，畢竟她不是自己的女兒。

晚上周勤回家時，發現家裡竟然黑漆漆的，鍋中熱著三個饅頭和一碗稀飯。

「爹，娘怎麼了，今天怎麼這麼早就休息了，是不是哪裡不舒服？」周勤咬著饅頭問坐在廊下的父親。

周忠打著扇子，斜了兒子一眼，說道：「蘇兄弟回家了。」

周勤點點頭。「我知道啊，他們家房子已經蓋好了。」真快，這才三個多月就蓋好了。

「你喬月妹妹回家了。」

「嗯，那不是應該的嗎？怎麼了？」周勤一臉疑惑，這件事和娘的身體有什麼關係？

看著榆木疙瘩腦袋的兒子，周忠嘆了口氣，不知道兒子滿腦子是不是只有讀書。

「你娘捨不得小月姑娘，她走了沒人陪你娘說話，她心情不好。」周老爹一副「我已經把話說得這麼白了，這下你了解了吧」的表情。

周勤毫無所覺，呼啦呼啦把粥喝了一大半，說道：「是啊，娘只有我一個兒子，我要讀書，爹要做工賺錢，娘在家裡確實冷清寂寥。」

「嗯。」周老爹點點頭，心想兒子還算上道。

「不如爹和娘再給我生個妹妹吧，這樣娘肯定開心。」周勤肯定地說。

「……」周忠瞪著眼睛，看著周勤，他的手快要按捺不住，猛地一起身，冷冷道：「趕緊吃完飯把鍋碗洗了，去看書。」

周勤呆呆地看著父親氣呼呼的背影，不知道自己哪句話說錯了，怎麼親情的小船說翻就翻了？

蘇家一家人忙活了一整天，把東西全都收拾好搬進新房子，又把院子裡打掃得乾乾淨淨。

劉氏和喬月在廚房忙活了一整天，這是他們在新家吃的第一頓飯，忙得跟過年似的。

「哇！這麼多好吃的！」虎子瞪著眼睛看著桌上擺滿的碗碟，雞鴨魚肉樣樣不少，甚至還有兩壺蘇彥之特地帶回來的酒。

一家人都坐在桌邊，喬月介紹起來。

「這是紅燒肉、麻辣魚塊、清炒地三鮮、筍乾老鴨湯、地鍋雞，這上面是貼餅，還有涼拌黃瓜和炒茄子。」

喬月剛說完，便見一家人的眼睛都盯在這一桌菜上，虎子吞著口水，說道：「小姑，妳好厲害啊！現在是不是可以吃了？」

喬月哭笑不得。「當然可以。」

話音剛落，虎子揮舞著筷子，毫不客氣地大快朵頤起來。

這一桌菜用料實在，都是用家裡最大的盤子裝的，比過年時吃的還要豐盛。

「娘，您喝點這個老鴨湯，很滋補的。」喬月給劉氏舀了一碗老鴨湯。

「好，妳也吃，都忙了一下午了。」劉氏笑呵呵地接過碗喝著老鴨湯，老鴨湯用了一整隻鴨子，燉了一個多時辰，筷子一插就爛，裡面的乾筍吸飽了湯汁，變得鮮脆美味。

這一桌的好菜都是喬月去縣裡特意買回來的，今天高興要慶祝一下。

「三哥，嚐嚐這個地鍋雞，很入味。」喬月說道。

蘇彥之點點頭。「嗯，妳也吃。」

「大哥，咱們喝一杯。」蘇二郎又端起酒杯，這是他喝的第三杯酒了，說話都有些大舌頭了。

家中只有他和蘇大郎喝酒，劉氏讓蘇彥之帶回來的還是半兩銀子一壺的好酒，他和蘇大郎一人一壺，現下喝得臉和脖子通紅。

「大嫂，瞧他們倆。」趙氏推了推醉眼矇矓的蘇二郎，笑著說道。

徐氏看著自家男人也成了醉鬼，搖頭笑道：「今天不追究他們了，難得這麼高興，就讓他們喝個痛快。」

擺酒這天，與蘇家要好的人家都來了，蘇彥之還特地去請了從閔州回來的村長一家。家裡擺不下五、六桌，便在院子裡搭棚，大家都聚在院子裡。

「乖乖，這屋子蓋起來要不少錢吧？」

「這房子擴建了啊，青磚大瓦房，真是氣派。」

前來吃酒的人站在蘇家大門前交談著，這蘇家的房子蓋得又好看又氣派，用的是時下最流行的青磚，價格也不低。

「哎，這蘇家是不是發了什麼財了？怎麼突然有錢蓋這麼好的房子了？」

有人讚嘆就有人酸，一個瘦瘦高高的女人陰陽怪氣地說：「上次死了人，那張二狗要一百兩銀子的賠償，不知道蘇家是不是真給了一百兩？」

這件事他們最是好奇，畢竟一百兩銀子不是小數目，蘇家說拿就能拿出來，這一點也不符合蘇家一直以來的生活條件啊。

「誰知道呢，都死了人，還這麼擺宴席，他們住在這裡不怕冤魂來索命嗎？」兩個婦人湊在一起嚼舌根。

路過的蘇彥之聽見這話，停下腳步說道：「賀大娘、王大娘，前面桌子已經開始上菜了，兩位前去嚐嚐吧。」

清冷淡漠的聲音從背後響起，驚得兩人一個哆嗦，回頭一看是蘇彥之，嚼舌根被正主抓到，兩人臉上的表情都有些不自在。

蘇彥之冷哼一聲說道：「死者為大，兩位長輩這樣議論一個已經去世的人，才要當心被什麼不乾淨的東西纏上。」說完不再看一眼，一甩袖子離開了，留下兩人站在那裡，臉色一陣青一陣白。

「蘇家姊姊，我們來喝喜酒了。」

一個尖利的聲音帶著笑傳了過來，院子裡的眾人都看了過去。

一行七、八個人滿臉笑容地往這邊走來，為首的一對夫妻身上穿著打滿補丁的衣服，後面跟著兩個兒子和四個孫子、孫女，也是衣衫破爛。

那四個小孩一過來，見到桌上還沒來得及撤下的瓜子、點心，立刻衝了過去，直接抄起盤子，把裡面的東西都倒進帶來的布袋子裡，目標明確，像是來進貨似的。

劉氏正在招呼客人，見此情景，鼻子都快氣歪了，那幾個小孩拿完還不夠，見桌子上有剛端上來的菜，立刻跑了過去，伸手就抓。

「蘇家姊姊，新房子擺酒這麼大的事怎麼不讓月兒去請我們，我們肯定會給面子來給你們撐場面的。」

說話的人是喬月的親生母親王氏，她笑著走到劉氏身邊，伸手拿起兩片西瓜吃了起來，毫不客氣的模樣，劉氏看著就來氣。

來的這一大家子正是喬月的親生父母一家，親生父親喬洋、大哥喬大柱、二哥喬大山，那幾個小孩應該就是他們的兒子和女兒。

喬月跟他們並不熟，僅僅是書中看到，並不全都認識。

見劉氏不搭理她，王氏絲毫沒有覺得難堪，見喬月從房間裡出來，立刻走上前，親暱地拉著喬月的手道：「月兒，多日不見怎地輕減了些，娘很想妳，聽說你們家辦酒，我和妳爹還有妳大哥二哥都過來看妳了。」

前來喝喜酒的村人都看著這一幕，直覺告訴他們有熱鬧可看。

劉氏和蘇彥之也看著喬月，以往王氏偷摸著過來找喬月，母女兩人總有說不完的話。

喬月看著婦人虛假的笑容，扯了扯嘴角，掙脫她拉著自己的手，冷冷說道：「妳是誰？也配稱我娘？」

這出口的話像是冬天的冰碴，冷冷地砸在王氏臉上，她臉上的笑容還沒來得及收回，變得僵硬難看。

第二十九章

早在準備請客的時候，劉氏就已經和喬月商量過要不要請喬家人來，喬月很乾脆的拒絕了。

她剛穿來的時候與喬大柱發生衝突，喬大柱被蘇大郎撵上去打了一頓，喬家人再沒有來找過自己。

喬月被親哥哥打得頭破血流導致失憶的事情，也在村上傳了出去，蘇家人以為他們心虛愧疚不敢來，沒想到今天辦酒，他們竟厚顏無恥地來了。

王氏沒想到喬月竟然這樣說話，乾笑兩聲道：「妳這丫頭胡說什麼呢，怎麼不認娘了？」

喬月走到劉氏身邊，拉著劉氏的胳膊道：「我娘在這裡，你們是哪裡冒出來的來亂攀關係？」

喬大柱聽了，臉色頓時不好看，拳頭握緊，卻又似想到了什麼，陰沈的臉上扯開一抹微笑。「小妹說的是什麼話，想必還在生氣哥哥失手傷到妳的事。」

他環顧一下四周，見眾人都一副看熱鬧的樣子，又說：「打斷骨頭連著筋，今天是蘇家的喜事，我們也就是來沾沾喜氣的，何必如此不容人呢？」

喬月正欲懟他，蘇彥之從後面走了過來，拉住喬月說道：「既如此，就坐下一道吃一點吧。」

他轉頭看著劉氏。「娘，嫂子們在廚房忙不過來，您還是去看看吧，該上菜了，大家也餓了。」

劉氏「嗯」了一聲，看了喬家人一眼，往廚房走去。

「還是蘇兄弟明事理，大喜的日子爭爭吵吵的多不好。」喬大柱厚著臉皮招呼著自己人坐到桌邊。

「三哥，你拉我做什麼？」喬月被蘇彥之拉到房間裡，不解地問。她看這一家子無賴就生氣。

蘇彥之把房門關起來，表情很嚴肅地從懷裡拿出一張紙條遞給喬月。「這是方才我在書院的朋友託人送過來的。」

喬月打開紙條看了一下，又遞給蘇彥之。「這上面寫了什麼？」

蘇彥之愣了一下，這才想起喬月不認識紙條上的字，她也只跟著自己讀了幾個月的書罷了。

蘇彥之跟她解釋道：「一個月前，我在街頭給人寫書信時，偶然看見張二狗和喬大柱走得很近，他們三天兩頭就會去一家名叫天順賭坊的地方。」

自從聽喬月分析張二狗可疑的原因後，蘇彥之便暗暗留了心。

張二狗與張山的關係並不好，他們兩家早已分了家，張二狗整日不務正業，與本分的張山自然處不到一起。

蘇彥之曾和在書院讀書的鄰村秀才打聽過，這個張二狗在他們村是臭名昭著的人，大惡不犯，小惡不斷，偷雞摸狗看女人洗澡都是他常幹的事，在村上，他們一家人是大家避而遠之的存在。

而喬家與張二狗家並沒有什麼來往，喬家人雖然在道德上很受人鄙視，在村子的口碑也很差，但和張二狗這種偷雞摸狗的無賴還是差上一截的。

因此，蘇彥之在見到他們兩人走得近才會心生疑惑。賭坊和妓院，這是他們這一個月來最常去的地方，這也是很反常的一個地方。

縣太爺的姪子蔣子敬與蘇彥之的關係不錯，他常常讓蘇彥之幫自己寫文章，然後自己抄了來糊弄家父和夫子。

這一來二去，兩人的關係就好了起來。

蘇家在縣裡沒有人脈，蘇彥之對這件事的調查也很有限，但有了目標後，拜託蔣子敬找幾個人盯著張二狗還是沒有問題的。

紙條上的內容就是蔣子敬讓人送來的，上面清楚寫明張山會去蘇家做事，完全是張二狗慫恿的，而事情似乎與喬家的老大喬大柱有關。

「張二狗親口說的？」喬月問。

蘇彥之搖了搖頭。「是在唱春苑喝醉被人套出來的，只可惜張二狗有些機警，沒能套出裡面的實情。」

喬月沈思片刻道：「若真和喬大柱有關係，今兒個咱們一定要想辦法弄清楚。」

今天喬家一家人都來了，這是最好的時機。

想著想著，喬月突然嘆了口氣。「我早該想到跟他們有關，喬大柱自從上次被大哥打了之後就一直沒有再來找過我。」

喬月以為喬家人知道她的態度不像以前那樣，明白從她這裡弄不到錢，所以就不來了，沒想到張山的事竟還與他們有關。

「仔細一想，和咱們家結仇的也就只有他們了。」喬月苦笑，是她錯估了人性和喬家一家人臉皮的厚度。

「接下來妳有什麼想法？」蘇彥之問，看著喬月的眼神有些遲疑。

喬月知道他在想什麼，表情很認真地說：「我與喬家在我失憶的時候就已經沒有任何關係了。」

喬家狠心將她丟進河中，若不是劉氏，她早已死去，那一命就當作抵銷王氏生下她的恩情了。

過了一會兒，劉氏的聲音從外面傳來，開正席了，叫他們出去吃飯。

飯桌上，喬家一家人毫無形象地大吃大喝，幾個孩子用筷子還不熟練，乾脆直接用手抓。

「唔，這個紅燒肉真好吃！早知道讓麗娘和秀紅一起來了。」王氏吃得嘴角流油，感嘆蘇家這一頓怕是要吃掉好幾兩銀子。

喬大柱吃著面前的紅燒雞，說道：「娘，您看我說的沒錯吧，一直以來小妹都在藏拙，上次跟我翻臉後，這才多久就幫蘇家掙了這麼多的銀子。」

自從和喬月翻臉後，喬大柱挨了蘇大郎一頓打，氣得很久都沒去找喬月，後來才知道喬月竟然失憶了。

他當然不相信什麼失憶，他覺得喬月之所以會突然跟自己翻臉，肯定是被蘇家人挑唆的，就連失憶也肯定是蘇家人想出來的計謀。

幾個月前，他在縣裡偶遇喬月的時候，親眼見到她和一家店老闆做生意，出來後懷裡放得鼓鼓囊囊的，肯定賺了不少銀子。他一路跟蹤，越發心驚，喬月買麵買肉，花起錢來絲毫不手軟，用的還都是銀錠子。

從那次以後，他就暗自留了心，時常在蘇家後山盯梢，卻每每被他們家的肉香給饞得口水直流。同時，他也異常憤怒，喬月這個死丫頭，不知道從哪學來的手藝，竟然這麼會賺錢，以往給自己的卻只有幾十個銅板，要麼就是蘇家用不上的破銅爛鐵。

喬大山也覺得喬月太不孝順了，不管怎麼說，她都是從王氏肚子爬出來的，若不是王氏，她現在哪來的好日子過？哪來的大魚大肉吃？

「娘，蘇家那老太婆一直很疼愛小妹，待會兒吃完飯，您讓小妹拿個幾十兩銀子過來孝敬，不管怎麼說，您也是她的親娘，哪有子女吃肉，老娘吃糠吞菜的道理？」

王氏聽了頗覺有理，手中拿著大雞腿，撕咬一塊咀嚼著，說道：「沒錯，待會兒吃完飯我去找她。」

喬大柱道：「娘，不用您出馬，待會兒我去找她，諒她不敢不拿錢。」

幾人對視一眼，意味深長地微笑起來。

酒至半酣，喬大柱喝得臉色通紅，抱著酒罈倒完裡面的最後一滴酒。

蘇家買的是上好的竹葉青，一罈就要一兩銀子。

「哥，再、再給我喝一點。」喬大山大著舌頭去搶喬大柱手中的酒罈。

「沒、沒了。」喬大柱伸出舌頭舔了舔罈口，端起酒杯一仰脖，喝完了酒杯裡的半杯酒。

「我去找那丫頭拿幾罈。」喬大柱說著起身去找喬月了。

「小妹妳過來，大哥找妳說點事。」另一張桌子上，喬大柱拍了拍喬月的肩膀說道。

「什麼事？」喬月皺眉。

喬大柱搓著手，嘿嘿笑道：「咱們兄妹許久沒見了，大哥上次不小心失手傷了妳，特意來跟妳賠不是的。」

見喬月不動，喬大柱彎腰湊近，嘴裡吐出噁心難聞的酒氣說道：「小妹近來賺了不少錢，怎麼著也該拿一點出來孝敬娘吧？」

喬月一愣，喬大柱怎麼知道她賺了不少錢？

她看看四周，發現桌上的人都在看他們，遂站起身道：「跟我來吧。」

走到門口的時候，喬月暗暗給坐在廊下的蘇彥之打了個眼色。

蘇彥之點點頭，在他們進屋後起身進了廚房。

蘇彥之房裡。

「說吧，什麼事？」

喬月靠在門邊，雙手抱胸，不耐地看著喬大柱。

見這裡沒人，喬大柱往蘇彥之的床上一坐，靠在床頭大大咧咧地說道：「小妹，明人不說暗話，給大哥拿一百兩出來。」

喬月不屑地哼了一聲。「我為什麼要給你銀子，你是誰我都不記得了，在我這裡你就是個陌生人，憑什麼找我要錢？」

喬大柱嘖嘖幾聲。「別跟我整那一套，什麼失憶，我可不相信，是蘇家那老婆子慫恿妳跟我們斷了的吧？別廢話那麼多，把銀子給我就成了，娘還在等著呢。」

「沒有。」喬月很乾脆地拒絕。

喬大柱掃了她兩眼，突然陰笑起來。「上次張山死了，你們不是賠了一百兩嗎？怎麼，給自己親哥哥就沒錢了？」

喬月眸光一凝。「與你何干？」

喬大柱「哎」了一聲，笑道：「一條人命啊，賠的是不少，若是再有幾次，只怕你們家就不是賠錢這麼簡單了。」

「你是什麼意思？」喬月站直身子，審視地看著他。

見她這緊張的樣子，喬大柱哈哈笑了起來，打了個酒嗝道：「我當然知道，我告訴妳，若是妳不乖乖聽話把銀子拿出來，以後蘇家會遇到什麼事可就說不準了。」

喬月怒瞪著他，喬大柱道：「還有妳那個秀才哥哥，要是進了大牢，蘇家可就徹底完了。」

這威脅的話已經說得很明白了，喬月突然「啊」了一聲，驚恐地瞪著喬大柱。「你……是你，張山出事是你安排的，你要害我們家！」

「別那麼激動。」喬大柱醉意上湧，欣賞著喬月驚恐憤怒的模樣，這與以往畏縮膽小的性格完全相反，喬大柱覺得她像是換了一個人，對她說的失憶有點相信了。

「不管怎麼說，張山都是死在妳家，賠錢天經地義。」喬大柱面露得意之色。

這個點子還是喬老二想出來的，他說應該給蘇家找點麻煩，文人學子最重要的就是自己和家裡的聲譽，只要拿捏住這個弱點，就不愁喬月不乖乖拿銀子。

後來，他們便訂了這個計劃，最合適的人就是張二狗的堂哥張山。

他們知道張二狗遊手好閒，還欠了賭坊一筆銀子，急需用錢，便將蘇家有錢的消息透露出去，說去蘇家做工可以賺不少錢。又在言談中不經意提起若是工人在蘇家出事，那人家裡頃刻間便能賺一大筆銀子，百兩也不在話下。

又過了幾天，他們果然發現張山被說動了，求著張工頭去了蘇家上工。

後來，不過月餘，張山果然死了，張二狗拿了蘇家一百兩銀子，他們也分到了二十多兩，過了幾天滋潤的日子。

喬月氣得臉色通紅，右邊臉頰上的胎記越發鮮豔起來，她瞪著喬大柱道：「你還是不是人，那可是一條活生生的人命，你們這般害死了他，就不怕張山的鬼魂找你索命嗎？若是我告官，你就不怕進大獄嗎？」

喬大柱無所謂一笑，他覺得自己和老二這個計劃簡直天衣無縫，他們和張山並沒有直接聯繫，誰有證據證明張山的死跟他們有關係呢？

見喬月氣得渾身顫抖又無可奈何的模樣，喬大柱頓時有了控制住聚寶盆的感覺，他坐起身，竹葉青的後勁上來，使他腦袋一陣發暈。

他指著喬月哈哈笑了幾聲，大聲道：「妳有證據嗎？妳去告啊，到時候我再告妳誣告，看縣太爺怎麼治你們！」

他說得起勁，越發覺得得意。

「就是我慫恿張二狗，讓他那個心臟病堂哥隱瞞病情來妳家上工的又怎麼樣？我就是設計陷害你們家又怎麼樣？我慫恿張二狗去鬧事，妳又能拿我怎麼樣？

「反正張山那個病鬼遲早都是死，不如再發揮點用處不是更好？」

他指著喬月。「小蹄子，跟我鬥，敢跟我翻臉，我告訴妳，這就是下場，妳若不乖乖把銀子拿出來，日後再出點什麼事可就晚了。」

聽到這裡，喬月對這家人的狠毒又有了全新的認識，她冷笑著說道：「當年我出生時面帶胎記，王氏嫌我晦氣將我丟棄，是蘇家娘親不顧生命危險把我救回來收養，如今我與你們再無一點關係。」

她伸手打開一點門縫。「你們合謀害死了無辜的張山，我勸你們盡快投案自首。」

說完便打開門要出去，卻被喬大柱一腳把門踢上了。

「小賤人，跟妳囉嗦了這麼久，快點把錢拿出來，否則別怪我……」話音未落，只聽房門砰砰兩聲巨響被踹開。

「小姑，妳沒事吧？」率先衝進來的是虎子，他用一身蠻力踹開門。

「我沒事。」

喬月搖搖頭，見門外站了不少人，蘇大郎和蘇二郎把喬大山和喬父死死按在地上，王氏被劉氏和徐氏拖出了屋子，在門外扭打起來。

喬大柱被眼前的景象驚呆了。這時，一個樣貌威嚴、精神矍鑠的老者被蘇彥之攙扶著從人群中走出來。

「喬大柱，你與張二狗密謀害死張山一事，老夫已聽得一清二楚。」老者的話驚得喬大柱猛然打了個激靈，酒意頓時清醒了大半，他哆嗦著嘴唇道：「劉、劉村長，我、我什麼也不知道。」

「哼！」村長冷哼一聲，虎頭柺杖在地上重重一敲。「方才我和蘇相公就在隔壁，你與喬丫頭的對話，我們聽得一清二楚，你休要抵賴。」

喬大柱一聽，頓時腿一軟，差點跌倒在地。

他抬頭惡狠狠地盯著喬月。「小蹄子，小賤人，是妳！是妳故意引我說出來的！妳是故意的！」他嘶吼著，雙眼瞪得快要充血。

喬月扯扯嘴角。「你與張二狗合謀害死張山是真，休要往我身上攀扯。」她轉頭看著村長，恭敬道：「村長，求您替我們家主持公道。」

趴在地上的喬父和喬大山叫喊起來。「村長，這件事與我們家無關啊，是張二狗……所有事情都是張二狗做的！我大哥是冤枉的！」

他們胡亂喊著，企圖把所有事情都推到張二狗身上。

「三子。」村長毫不理會兩人的大喊大叫，朝人群中喊了一聲。

「三叔。」一個個子高䠷、身材壯實的青年應聲走了出來。

村長指著房間裡的喬大柱道：「把他捆起來帶進祠堂，一會兒派人去報官。」

「是。」三子應了一聲，一招手，人群中又走出兩個青年，三人走進房間按住想要逃跑的喬大柱，用麻繩將他死死捆住。

屋外。

劉氏一個巴掌甩在王氏臉上，巨大的力道打得王氏臉頰火辣辣地疼了起來。

「老賤人心腸狠毒，養的兒子也是黑心肝的，竟然害人，還栽贓嫁禍在我家頭上！」

劉氏氣得不得了，張山的死因她也是剛剛才知道，自從三郎扶著村長進了屋子後，大郎和二郎便守在主屋門口，她正納悶，大兒媳便將事情的始末告訴了她。

王氏挨了重重一巴掌，頓時感覺嘴裡泛起腥氣，她用力想要掙脫徐氏的雙手，卻掙脫不掉，只好抬腳亂踢，口中罵道：「那還是你們家活該！跟我兒子有什麼關係！妳個老娼婦、老婊子，我找我女兒要錢干你們什麼事？老娘生了她，她掙了錢就該孝敬老娘！」

「我呸！」劉氏插著腰啐了王氏一臉。「不要臉的老貨，妳算什麼東西，也配做月兒的娘！」

一直以來劉氏對喬家都是寬容的態度，她愛喬月，對喬月貼補喬家的小動作選擇視而不見，沒想到這家子黑心肝的，先是傷了月兒導致她失憶，見月兒有本事掙了錢，竟想出這麼惡毒的主意。

「放開我，小娼婦妳放開我！」

王氏用力掙脫徐氏，髮絲凌亂、衣衫髒污，瞪大眼睛惡狠狠地看著劉氏。

「說破天她也是我的女兒，女兒孝敬老娘天經地義，你們若是不給，我就天天來鬧事，讓你們不得安寧！」

劉氏一聽，心頭火燒得更旺，衝上去一把揪住王氏的頭髮，大喊道：「春菊，給我打這個老貨的嘴，看她還說不說！」

「是，娘。」徐氏走過去左右開弓，啪啪啪打了王氏七、八個耳光，直打得她眼冒金星，口中痛呼求饒。

就在這時，三子率人把捆起來的喬大柱帶了出來，往村裡祠堂走去。

「你們幹什麼？把我兒子放開！」

王氏掙開劉氏的手想要拽住喬大柱，卻被三子狠狠一推，跌坐在地上。

「哎喲！大柱，我的兒呀！」王氏屁股痛、身上痛，臉頰更痛，她坐在地上涕淚橫流，大哭起來。

「奶奶、奶奶！」幾個孩子全都跑到王氏身邊，害怕地哭喊起來。

喬父和喬大山從屋裡衝了出來。

「娘，您沒事吧？」喬大山把王氏攙扶起來，氣憤又害怕地說：「娘，大哥被帶走了，他們說要報官，我們該怎麼辦啊？」

王氏一聽要報官，嚇得心臟猛跳幾下，雙眼一翻，暈了過去。

「娘！」

「老婆子！」

兩人嚇得大喊起來。

突然，「啪」的一聲，一顆腥臭的雞蛋砸在喬大山身上，雞蛋應聲碎裂，一股惡臭瀰漫開來。

「快滾！」虎子大喊一聲，又是一顆臭鴨蛋飛了過去，正中昏迷的王氏肩膀。

隨後，接二連三的爛菜葉、吃剩的殘羹冷炙全都招呼在三人身上，喬父和喬大山抬著王氏，狼狽不堪地帶著幾個孩子飛奔離去。

「哼，看你們還來不來！」

虎子哼了一聲，丟下一盆子的垃圾，洗手去了。

過了一會兒，吃完喜酒、看完大戲的賓客們相繼離去。今天的熱鬧可真夠大的，這個喬大柱心黑手狠，如今被揭穿，不死怕是也要脫層皮了。

「村長，今日多虧有您。」蘇彥之拱手彎腰，恭恭敬敬地行禮道謝。

村長捋了捋鬍鬚，笑道：「蘇相公客氣了，為村民主持公道是老夫的本分。」

第三十章

有村長作證，跟去的劉氏把事情說明後，何縣令當天就升堂斷案，狡辯的喬大柱被打了二十大板，將所有事情全部招認。

何縣令派人捉拿張二狗的時候，張二狗正沈醉在溫柔鄉裡，被捉拿上堂時還衣衫不整，臉頰上印著好幾個唇印。

「大老爺、大老爺饒命啊，這、這都是喬大柱兄弟倆蠱惑我做的！」

張二狗跪在堂下瑟瑟發抖，他沒想到這件事會被查出來，在聽到何縣令說是喬大柱自己主動說出來後，張二狗憤恨地瞪著趴在一旁哎喲不止的喬大柱，把兩人怎麼跟他說的、怎麼引誘慫恿他的都說了出來。

一起跪在堂下的喬大山和王氏怒視著張二狗。「你胡說！」

張二狗冷哼一聲。「我胡說？明明就是你兄弟兩人眼紅蘇家有錢蓋房子，這才找上了我，慫恿我害我堂哥！」

王氏抱著喬大柱嗚咽著，看著痛得面色蒼白、汗如雨下的兒子，她恨恨地看向張二狗。這個不要臉的，明明是他葬送了自己堂兄的性命，現在竟還要攀咬她兩個兒子。

王氏哭著磕頭，高喊道：「大老爺，請聽民婦一言，這個張二狗早就對自己堂兄起了殺心，故意勸張山去蘇家做工，是他想乘機訛詐蘇家，我兒什麼都沒做啊！」

這個時候王氏已經顧不得怨恨蘇家人了，眼下的當務之急是把兩個兒子盡可能地摘乾淨，這要是坐實罪名，一頓要人命的板子是逃不掉了。

喬大山也砰砰地磕頭，嚇得面如土色。「大老爺明斷，這件事跟我沒有關係啊，都是我大哥說的！」

他害怕被張二狗拖下水，看著躺在地上快要昏迷的大哥，果斷地把事情推得一乾二淨，心中想著反正大哥也挨了打了，不如全都扛下吧，家裡不能沒人照顧。

王氏看了眼小兒子，動了動嘴唇，最終在喬大山哀求的眼神下低下頭，沒有再說話。

喬大柱咬著牙抬頭看自己的母親，卻見她閉著眼跪在自己身邊沒有說話，心不禁涼了半截。

這件事最初是弟弟提出來的，沒想到自己現在竟被他推出去頂罪。

「喬大柱，你有何話說？」何縣令嚴肅道。

「草民、草民無話可說，大老爺，一切都是草民的錯，與草民的弟弟無關。」喬大柱滿頭是汗，嘴唇痛得哆嗦起來，喘著氣說道。

王氏和喬大山看向喬大柱，心中不禁升起愧疚。

而張二狗卻不想輕易便宜了這兩人，今天的事情都是喬大柱惹出來的，要不是他得意忘形把事情倒了個一乾二淨，他也不會變成這樣。

「大老爺，他說謊！明明就是喬大山的主意，他是在包庇自己的弟弟！」張二狗仍舊堅持這件事和喬大山有關。

啪！

驚堂木發出一聲脆響。

「肅靜！」何縣令捋了捋鬍鬚，看向張二狗。「張二狗，你一口咬定此事與喬大山有關，你可有證據？」

張二狗伏地道：「回大老爺，草民沒有證據。」

「既無證據，便算不得數，此案本官已然清楚。

「喬大柱因嫉妒，心生惡念，與張二狗合謀引誘患有心病的堂兄張山去蘇家上工，導致張山死亡後訛詐蘇家錢財一百兩。你兩人可認罪？」

「草民認罪。」兩人異口同聲道。

「師爺，把供詞讓兩人畫押。」何縣令接著道：「主犯張二狗雖未直接害死張山，張山卻因你而死，訛詐蘇家錢財無法返還罪加一等。著，重打八十大板；從犯喬大柱，重打三十大板。來人，拖下去，行刑！」

「是！」衙差應聲將兩人拖了下去。

「謝大老爺為民婦主持公道。」

與哭得涕淚橫流的王氏相比，劉氏的表情平靜多了，她恭敬地磕了頭，在何縣令宣佈退堂後，起身走了出去，自始至終一個表情都沒給喬家人。

沈悶的板子落在張二狗和喬大柱的身上，兩人已經被打得昏死過去，後背的衣衫被鮮血浸濕，王氏哭得昏厥，倒在喬大山的懷中。

縣衙外，喬月和蘇彥之早已牽著驢車在等候了，喬月摸了摸有些不情願的元寶，給牠餵了一個拳頭大的狗頭梨安撫一下。

元寶從被買過來後就自由慣了，往日只有喬月騎騎牠，自由又輕鬆，現在身上被套了木板車，這束縛感讓牠很不高興，站在那裡不是打響鼻就是甩尾巴表達自己的不滿。

「娘，您出來了。」喬月見劉氏走了出來，趕緊迎上去。

「您沒事吧？」蘇彥之問道。

劉氏拍拍兩人的手。「娘沒事，咱們回家再說。」

到了家中，劉氏把何縣令的審判說了一遍。

蘇大郎坐在凳子上哼道：「真是活該，害人終害己。」

蘇二郎道：「這幾板子下去，喬大柱和張二狗怕是要丟掉半條命了。」

果不其然，三天後，喬月聽說張二狗因為傷勢過重已經死了。而喬大柱則是被打得吐了血，大夫說傷到了肺腑，難以救治，日後怕是要纏綿病榻了。

這件事已經過去，蘇家人不再關注，仍舊過著和以前一樣的生活。

午飯剛過，幾人坐在堂屋閒聊喝綠豆湯，徐氏開口說道。

「娘，明日是我爹的生日，我想和大郎回去一趟。」

劉氏點點頭道：「去吧，記得買點東西帶過去。」

劉氏對兒媳婦回娘家的事向來不會有什麼不喜，逢年過節家中有事，兩個兒媳都能回家探望，這一點，徐氏和趙氏都是非常滿意的，從沒有因為回娘家次數多了而被劉氏訓罵。

次日，徐氏和蘇大郎拎著買的一條魚和一斤肉帶著小女兒往娘家去了，蕓娘因為腿傷還沒好，在家中休養。

路上，徐氏還有些不高興。

「我說從家裡帶隻雞過去，你偏不願意，現在咱們家在秋山村那是有面子的人家，我回娘家，你就讓我帶這麼點東西？」

自從家中蓋了青磚大瓦房，徐氏能感覺到村子裡的人對他們家的態度變了，看著她的眼神都不一樣了，這些日子，她走在村子裡經常遇到幾個連她也叫不上稱呼的小娘子跟她打招呼說話。

就連去河邊洗菜，都有人跟她聊天。

這是以往從沒有過的，徐氏覺得這都是家裡有錢蓋了大房子，在村裡更有面子的緣故，身為蘇家的兒媳，她與有榮焉。

這次回娘家，她本想多買一點東西回去，讓娘家人看看現在自己也過上好日子了。

蘇大郎聽她這麼說，皺起眉道：「咱們手裡有多少錢妳不清楚嗎？光是這些東西都花了一百多文錢了，蕓娘腿受傷，治療的銀子還是娘和小妹出的。」

一聽這話，徐氏頓時不樂意了。

「那又怎麼樣？這麼多年娘對小妹有多好，你又不是不知道，現如今小妹有了本事會掙錢，應當報答家裡，給咱蕓娘治腿就是應該的。」

她牽著女兒，看著不說話的蘇大郎，扶了扶被風吹歪的帽子。「都是一家人，你對小妹也很好，可是你看看，小妹倒和二房一家走得近了，還給虎子找了掙錢的工作。」

她越說越氣憤。「你看看咱們，蕓娘這兩年就要許人家了，卻一點傍身的手藝都沒有，咱們這麼多年掙的錢都交給家裡讓三郎讀書了，一點餘錢也沒有。」

蘇大郎悶悶道：「妳別說了，之前娘拿銀子讓我和二弟負責蓋房子的事，我購買材料的時候不是扣下十來兩銀子給妳了嗎？」

說到這件事，蘇大郎就有些心虛。

劉氏交給他和二弟一人幾十兩銀子置辦材料和負責工費，幾十兩銀子啊，他活了幾十年也沒經手過這麼多銀子，本來只想著若是有剩下的，便留下二兩銀子做私房錢。

奈何徐氏一直磨纏，他把剩下的十三兩銀子留了十一兩下來，在把剩下二兩銀子交給劉氏的時候，從沒做過虧心事的蘇大郎緊張得腿都發軟了。

徐氏晃了晃右手手腕上的銀鐲子，這是她拿了二兩銀子打的一只銀手鐲，上面刻了精緻的藤蘿花紋，明亮又好看。

這是背著劉氏她們打的，在家裡做事時從來不敢戴，連拿出來看看都不敢，生怕被發現。

未分家不藏私，這是他們祖宗傳下來的規矩。

今天回娘家，她才敢帶出來，不過是藏在懷裡，等走出好長一段路才敢拿出來戴在手腕上。

這會兒銀鐲子在陽光下發出閃亮的光芒，好看極了。

「顯擺什麼！」蘇大郎被亮光晃了一下眼睛，沈聲喝道。

「哼，就顯擺，怎麼了！」這次回娘家是徐氏這麼多年來最激動的一次，以前回娘家總是空手而去，空手而回，今天她不但帶了東西，這手腕上的銀鐲子就夠幾位弟媳羨慕的了。

以往回去的時候，三個弟媳總是明裡暗裡諷刺自己，說爹娘白養了她這麼多年，出嫁數年，孝敬銀子卻沒見到幾兩，弟弟們成親，她只摳巴巴地拿了三兩銀子出來。

徐氏知道娘家人都看不起自己，可她有什麼辦法呢，誰不想孝敬爹娘、幫扶兄弟，她已經把積攢的私房錢全都拿出來了。

就這樣，年年回家吃飯的時候，飯桌上從來沒有自己的位置。

兩人說著話，就到了徐氏家裡。

「娘，二姊、二姊夫回來了。」

隔著老遠，徐氏的弟媳孫氏朝屋裡喊了一聲，滿臉笑容地迎了上來。

「三弟妹。」徐氏笑盈盈地喊了一聲。

「春菊和姑爺過來了。」徐母周氏上前親熱的招呼著，接過徐氏手中蓋著紅帕子的竹籃，不著痕跡地掂量了一下，面上笑意更深了，順手把籃子遞給身邊的孫氏。

「趕快進屋喝杯茶。」周氏拉著女兒進門，喊了一聲小兒媳衛氏，讓她趕快把涼好的茶倒上兩碗過來。

徐老頭和兩個兒子下地還沒回來，大女兒要伺候兒媳月子回不來，兩個兒媳在廚房忙活，周氏便坐在椅子上陪兩人說話。

那天蘇家宴請的時候她和徐父也去了，本想找女兒好好說說話，可是後來發生了事情讓這酒席草草散了，他們也只好回家。

「娘，您和爹爹在家還好吧？」

徐氏問著，伸手去端桌上的茶碗，手腕上的銀鐲子閃著明晃晃的光芒，折射到周氏臉上，她瞇了一下眼睛，看到一只嶄新的漂亮銀鐲子。

她笑了起來。「好，我和妳爹樣樣都好，就是想妳和兩個孩子。」臉上笑得慈愛，這謊話卻是張口就來，蕓娘受傷這些日子，周氏從沒去看過一眼。

察覺到娘親對自己的態度有變，徐氏心裡暗暗得意。這麼多年，自己總算掙回面子了。

周氏嘴上說著話，心裡也活泛起來。

這次蘇家花大錢蓋了這麼好的房子，手裡肯定是有點錢的，她聽說蘇家老二家的虎子去縣裡一家店做學徒了。

這年頭做學徒的工作可不好找啊，這其中肯定有什麼。

周氏不知道，蘇家的銀子都是喬月這幾個月掙來的。周家不是和喬家一個村子，因此她並不知道喬大柱所說關於喬月做生意賺了錢的事。

喬大柱和張二狗這件事，現在已經沒人再提起了，這件事死了兩個人，一人重傷，大家都有些忌諱，不願多嚼舌根，因而沒有傳得滿城風雨。

周氏想到的是，蘇家之所以這麼大手筆的蓋房子，應當是為了幾個孩子的婚事，蘇三郎明年就要參加秋闈了，他可是村裡有名的秀才，天資聰穎，書院的夫子經常誇讚，要是蘇三郎明年能考上，那就是舉人老爺了，這媒婆怕是第一時間就要踏破蘇家的門檻。

再有就是蘇家孫子輩的兩個孩子，虎子和蕓娘這兩年也要議親了，房子就是門面，到時議親的時候肯定大有好處。

周氏的想法和秋山村的人一樣，大家都覺得是這麼回事，蘇三郎若能考上，那就是整個秋山村的面子，這舉人老爺的家裡總不能破破爛爛吧。所以，劉氏這才把積攢多年的銀子掏出來蓋了新房子。

這樣一想，周氏覺得自己這個女兒估計也發財了，劉氏要妝點門面，必然不能讓兒子、兒媳太過寒酸，肯定也拿了不少銀子給他們。

一頓午飯，徐氏在娘家人面前出足了風頭，兩個弟媳和她說話的時候都不自覺帶了討好的意味。

徐氏感覺很痛快，這種重視在蘇家是感受不到的，在那個家裡，喬月那個養女才是第一位，然後就是蘇彥之，她在蘇家的地位恐怕還不如自己的兩個女兒。

長媳就是家裡的門面，這麼多年，她在蘇家勤勤懇懇，努力討好婆婆、討好丈夫，就連喬月，她也不得不愛屋及烏地照顧，自己雖然沒生兒子，可也是拚了命才生下兩個女兒。

她知道自己比不上二房一舉得男，她也曾安慰自己在蘇家的日子已經算不錯了，劉氏也不是那種虐待兒媳的惡婆婆，雖說日子清苦了點，但蘇大郎對她也算溫存有加。

但是時間一長，劉氏的差別對待便越發明顯，一家人過一樣的日子，她禁不住要拿自己和二房的趙氏比，她發現，自己不但比不上趙氏，連不幹活還吃裡扒外的喬月也比不上，這心裡一天比一天酸。

而最讓她心酸的還是喬月介紹工作給虎子的事情，她知道家裡男丁地位高，可是對於喬月，蘇大郎也沒少疼愛，哪怕看在蘇大郎這個哥哥的面子上，喬月也不應該如此厚此薄彼。

飯後，周氏把二女兒拉到房間裡。

「春菊，娘有件事要問妳。」周氏拉著女兒坐在床上。

「娘，您問。」

周氏道：「虎子去做學徒，妳怎麼不把蕓娘也一塊兒送過去？」

徐氏臉色沈了下來，把喬月推薦虎子去工作的事情說了，當然，她隱瞞了一些喬月掙錢的事，她不想讓娘家人知道自己的小姑子這麼厲害。

周氏皺眉看著她，說道：「妳這樣多吃虧啊，那個喬月也是妳和姑爺看著長大的，姑爺怎麼說也是她大哥，她怎麼能這麼對你們呢？」

打量著女兒的臉色，周氏又道：「那丫頭既然有本事把虎子送去做學徒，那肯定也能再收一個，妳要想辦法把蕓娘也送進去才是，要不然豈不是太吃虧了。」

徐氏也這樣想過，但蕓娘總歸是女孩子，這學手藝怕是輪不上。

周氏眼珠轉了轉，繼續道：「妳要想辦法讓妳婆婆拿錢出來給雲娘做以後的嫁妝，這樣才公平不是？」

她拉著女兒的手，苦口婆心道：「妳沒生小子，將來也沒人給妳養老送終，只有娘家的兄弟們能依靠，你們現在還沒分家，掙的錢又都拿給妳小叔子讀書用了，你們也要為自己打算啊。」

徐氏還是第一次聽老娘這樣想方設法為自己著想，心下很是感動。「娘，那我現在該怎麼辦？」是啊，自己沒生小子，將來送終都沒人，還是要依靠自己的兄弟們才是。

周氏想了一下說道：「妳三弟與人合夥做生意，不日就能賺好幾百兩銀子，但是現在缺了點資金周轉，想要問妳拿一點用用。」

聽母親這樣說，徐氏倒有些猶豫了。

這些年她時不時拿了不少錢給娘家，現在自己手裡剛寬裕點……

見她猶豫，周氏暗暗在心裡罵了句白眼狼，自己發財了就不管家裡死活了，面上卻依舊笑著勸說道：「春菊，娘不會害妳的，三弟說了，若是妳把錢拿給他暫用，他願意分兩成紅利給妳。」

徐氏一聽頓時心動了，兩成也有幾十兩銀子，若是生意做得好，那不是賺得更多？

周氏加了把火，說道：「妳三弟說了，要是順利，年底就能結帳，能有七、八百兩銀子呢！」

「這麼多？」徐氏驚訝地瞪大了眼睛。

周氏一本正經地點頭。

徐氏徹底心動了，她從隨身攜帶的荷包裡拿出一張銀票和幾塊碎銀子遞給周氏。「娘，這裡是我和大郎全部的錢了。」

徐氏有個習慣，只要長時間出門，便會把家裡的錢都帶在身上，這樣她會更放心一點。

周氏按捺住激動接了過來。「十八兩銀子？這麼一點？」她皺起眉懷疑地看著徐氏。

「真的只有這麼多了，這還是我們省吃儉用才攢下來的。」

周氏這才相信，點點頭把銀票塞進懷裡，說道：「姑爺在外面久等了，咱們先出去吧。」

徐氏站起身，期期艾艾地說：「娘，那、那銀子的事……」

周氏面色冷淡下來。「怎麼，為娘還會騙妳不成？走吧，先出去。」說完邁步走了出去。

另一頭的蘇家。

竹編班子今天休假，虎子一大早便從縣裡趕了回來。

「娘，這是我的工錢。」虎子把一個裝了好幾十枚銅板的小錢袋交給趙氏。

「好，乖兒子，娘給你收著，以後娶老婆用。」趙氏笑呵呵地打趣著自己的兒子。

虎子不好意思地笑了笑，又問怎麼沒見到小姑？

趙氏道：「不知道，可能在房間睡覺吧。」

她拉著兒子坐下來，仔細問兒子學竹編的情況。

虎子道：「娘，我學的很好，師傅都誇我有天分，是吃這碗飯的料。」說起竹編，虎子的心情立刻飛揚起來。

經過小半年的學習，他現在已經掌握了基本的竹編方法，家用竹籃、竹筐什麼的全都難不倒他，他不但會編，還編得非常好看，會舉一反三地利用細竹條在竹籃上編各種樣式。

他學得很快，也很用心，現在編出來的東西已經能拿出去賣錢了。

「我們老闆說了，等滿一年，我就能出師，到時候就給我開師傅的工錢了。」他揚起腦袋驕傲地說：「娘，以後我能賺更多的銀子孝敬您和爹爹了。」

趙氏欣慰地笑著，看著兒子這麼懂事又努力，忍不住用衣袖擦了擦泛酸的眼角。

這時，劉氏從廚房走出來，喊他們去喝綠豆湯。

聽完趙氏說的話，劉氏也高興地直點頭。「不錯，虎子真是有出息了，以後掙大錢給你爹娘養老，讓他們過上好日子。」

虎子拍著自己的胸口。「奶，您放心，我是家裡的男丁，肯定要挑起家裡的擔子的。」

話音一落，幾人都笑了起來。

一隻腳剛踏進家門的徐氏把兩人的對話聽了個清清楚楚，心中想著果然又在背後譏諷她沒生兒子，沒人養老。

中午。

喬月趕著驢車給蘇彥之送完飯，又帶著製作好的各種精油皂去了趟芳容閣。

張娘子驗完貨，把一百多兩的銀子結算給喬月。

出了芳容閣，喬月去了趟孫老闆店裡的竹編班子。

這幾個月她時常過來，教師傅們製作竹編拉桿箱，染色、配色、設計花紋，每一道工序都很重要，必須要一氣呵成。

剛開始，那些老師傅們自認經驗和水平都遠高於喬月這個小丫頭，根本不把喬月的話當回事，竹編不過是舉一反三，按照自己的經驗，只要知道大概的製作方向，就能製作出想要的東西。

因此，喬月只在剛開始的時候去了兩趟，就被那些老師傅們無視了個徹底。

可是他們沒想到，任何創新的東西都有它的獨到之處和難以模仿的地方，拉桿怎麼安裝？輪子怎麼製作才最穩當？那些他們從沒見過的花紋要怎麼編織？

很快的，那些老師傅們都不得不承認需要喬月的指導。

經過幾個月的磨合，喬月與竹編班子的人都混熟了，眾人不敢再小瞧這個十二、三歲的小姑娘，言語上也客氣了很多。

「這一批新貨已經製作好了，過兩日我就託人把它們送到京城去，要抓住年底客流量最多的這段時間。」

孫老闆和喬月在工作間看師傅們製作，喬月走到角落放置的一排排行李箱面前，仔細檢查了一下，確認已經是做得最好的一批，點點頭道：「孫老闆是老江湖了，您斟酌著就是。」

產出幾次失敗品後，總算是做出一批完美的貨了。

喬月看了眼虎子，見他手上的動作熟練又麻利，感嘆有天分的人學得就是快，想當年她跟著爺爺學了半年多，編出來的籃子勉強能入眼，而虎子才學了幾個月，編出來的東西已經能賣了。

回去的時候，喬月又去了一趟鐵匠鋪和集市，把訂製的用具取走，又去買了一些做菜常用的調味料。

到家時就瞧見徐氏和母親周氏在門口說話道別，言談間很是親熱開心。

蓋的。

「大嫂，心情這麼好啊。」喬月牽著驢車往院子角落的驢棚走，這是蘇大郎特意給元寶

徐氏見喬月又從車上拿了大包小裹下來，臉立即沈了下來。「回來啦。」

不冷不熱地丟下一句話，轉身進了屋子。

喬月看著她的背影有些納悶，這幾天徐氏不知道是不是心情不好，說話總是有些陰陽怪氣的，態度也變得很奇怪，沒有以往的謙和，自從上次從徐家回來後就成了這樣。

回到房裡的徐氏恢復了滿臉的笑容，她關上房門，從懷中拿出五兩銀子放在歇涼的蘇大郎面前。「你看，我娘今天特意過來送銀子的。」

她沒想到才半個月，投資給娘家弟弟的銀子就開始回本了，照她母親所說的，年底的時候肯定有上百兩銀子的分紅了。

蘇大郎瞥了她一眼，冷淡道：「妳不要高興的太早，這麼多年也沒有這樣天上掉餡餅的好事，妳當心被騙了。」

蘇大郎很了解丈母娘一家人，就是個自私自利的，誰家有錢就和誰走得近，現在見他們家蓋了新房子，就主動上門走動了。

徐氏本來很高興，聽見蘇大郎這番話後立刻冷了下來，不悅道：「你怎麼這麼說，咱們現在日子好了起來，他們自然高看咱們，要不然怎麼會把這樣的好事告訴我？」

徐氏認為，現在娘家對她的態度變化非常大，上次回娘家拿了錢又顯擺了銀鐲子，面子做得十足，想來正是因為如此，她娘才跟她借錢，這是看得起她。

她娘說得對，自己沒生兒子，以後養老肯定要指望娘家的兄弟了，現在趁手上有錢和娘家把關係打好，以後分家自己也是有娘家撐腰的，到時候家裡有多少東西，他們三房都要平分。

蘇大郎皺著眉。「家裡條件好與妳有什麼關係，那是小妹掙的錢。」

「小妹掙的錢又怎麼了，不一樣要交給娘嗎？現在咱們掙錢都要上繳，日後若是分家，這銀子都是要平均分的，這樣一來咱們不就有錢了嗎？」

蘇大郎一聽，臉色頓時陰沈下來。

他們是長子和長媳，給父母養老、照顧幼弟是理所應當的事，現在娘還在，她竟然就開始惦記分家拿錢了。

見蘇大郎面色難看，徐氏意識到自己說錯了話，頓時不敢開口了，拿著銀子放進枕頭下的暗格裡。

兩人沈默一會兒，徐氏又說道：「大郎，你別怪我話說得難聽，我也是為了咱們這個小家著想。」

她起身看了看窗外，走回去道：「前幾日虎子回來，交給老二家好幾十文錢，這可就算是他們的私房錢了。虎子在竹編班子學手藝，以後的日子肯定好得很，可是你看看咱們？我這肚子不爭氣，只生了兩個女兒，她們將來都是要嫁出去的，咱們只會在地裡刨食，根本掙不了幾個錢，以後咱們養老該怎麼辦？」

她頓了頓，又說：「今天我娘過來，不僅是送銀子來，還有一件事，咱們能幹的小妹，幫著別人家做生意賺錢呢。」

「妳這是什麼意思？」蘇大郎坐起身，審視地看著她。

「你不用這麼看著我，事情就擺在那裡，只有咱們不知道罷了。」當即，徐氏就將從母親周氏那裡聽到的消息說了出來。

「我小弟媳婦娘家的兄嫂就在採石區那裡賣早餐，他們親眼看見小妹幫周勤他娘賣蔥油餅，後來他們留了心，打聽到這蔥油餅的手藝就是小妹教她的。」

徐氏說著開始冷笑起來，她戳了戳蘇大郎。「你看看，這就是你疼愛的小妹，幫著二房，幫著外人，就是不幫咱們。我看，她就是瞧不起咱們沒兒子，沒把你這個大哥放在心裡。」

以前看在蘇大郎的分上，她對喬月不說照顧多麼周到，但起碼面子上是顧到了，她想著喬月總歸是要嫁出去的，不過就是在家裡多吃幾碗飯，對她來說並沒有什麼利益上的影響。

可那是失憶之前的喬月，內向、自私，整日跟家裡人也說不上幾句話，就算拿錢貼補娘家，那錢卻是劉氏自己的。因而他們才會睜一隻眼閉一隻眼，不與喬月作對。

可現在不同了，喬月失憶，因禍得福遇到老神仙教了賺錢的手藝，徐氏不知道她到現在賺了多少錢，但看她往家裡買東西也知道賺了不少。

這本是喬月自己的手藝，跟她也無關，但喬月帶虎子去做學徒，又幫外人做生意賺錢，徐氏心裡的火慢慢燃燒起來。

他們大房也是家裡的一份子，為什麼什麼好處都撈不著？

現如今，徐氏看喬月這個小姑子是越來越不順眼了。

蘇大郎聽到這裡，心中也不禁開始動搖起來。

是啊，小妹為什麼寧願幫一個外人做生意，也不幫他們呢？

廚房裡，喬月正在教蕓娘做雞蛋灌餅。

「小姑，這是妳買的？用來做什麼的？」

蕓娘的腿已經大好了，雖然還不能劇烈運動，但走路已經沒什麼大問題了。

她見廚房中間放著一個奇怪的爐子，下面是泥巴燒製的燒火爐，上面安裝著一塊鐵板，鐵板的三面都用鐵皮圍了起來。

喬月笑了一下，說道：「這是用來做雞蛋灌餅的爐子。」

「雞蛋灌餅？」蕓娘滿臉疑惑，這雞蛋怎麼灌進餅裡？

喬月沒有跟她解釋，拉著她坐在廚房的凳子上，看著她問道：「蕓娘，妳願意去外面拋頭露面做生意賺錢嗎？」

喬月之所以問蕓娘而不是大嫂徐氏，是因為她隱約感覺到徐氏對自己的不喜，剛開始在這個家的時候她就感覺到了，徐氏對她的態度並不像二嫂趙氏，她對自己有一種隱藏的敵意。

經過一段時間的相處，她也能猜到一點，劉氏對孫子輩的幾個孩子是差別對待的，平常有什麼好吃的、好喝的，都會先叫虎子，再不然就是叫自己，蕓娘和二丫總是排在最後面，若是東西少，她們還會分不到。

這就是鄉下最常見的重男輕女，不僅劉氏這樣，就連蕓娘兩人的親娘徐氏也是這樣，往日徐氏在家裡的活都是蕓娘幫忙做了一大半，就連才十一歲的二丫都已經幫忙餵雞鴨和幫姊姊挖野菜了。

當初家裡幾個孩子讀書的時候，除了虎子和蘇彥之用的是公中的錢上學，喬月去讀書則是劉氏拿自己的私房錢。

蕓娘要去讀書認字，求了徐氏好幾天，徐氏也不答應，說反正是要嫁人的賠錢貨，在娘家就應該幫忙幹活，讀什麼書，認什麼字，浪費家中的銀錢。

那時候女孩子讀書認字不需要花多少錢，不過是教些常用的字罷了。

就這樣，徐氏硬是沒有答應，後來有一年秋山村流行起學習刺繡，家家戶戶有女孩子的都送去刺繡班子學習，也是為了多學一門手藝，以後繡個帕子、香囊什麼的，還可以賣幾個銅板貼補家裡。

可徐氏為了把銀子貼補給娘家兄弟成婚，也沒有讓蕓娘去學習刺繡。

喬月來自現代，思想開放，沒有重男輕女的想法，她在這裡生活的幾個月，也看到了這裡的女孩子過得有多麼不容易，在娘家就是做事幹活，不能上學，家裡也不願意送她們去學習一門手藝傍身。

雖然她和蕓娘的關係沒有多親密，但這個溫柔內向的姑娘給她的印象很好，勤勞努力，把自己和妹妹照顧的很好，盡自己所能幫徐氏做事。

蕓娘沒想到喬月會問自己這個，訝異地看著喬月，半晌點點頭。「小姑，我願意，只要能掙到錢，不靠別人，我做什麼都願意。」

她雖然常年在家，對人情世故也不懂，但是她會觀察，自己的娘總說她和妹妹是賠錢貨，學什麼都是浪費銀子，將來嫁出去就都便宜了男方家裡。

這話是徐氏常掛在嘴邊的，聽多了她也覺得自己是賠錢貨，什麼都不會，在家靠父母，嫁人靠丈夫，若是過得不好，只怕連飯都吃不上。

因此，隨著年歲增加，她也越發不安起來，每每聽到徐氏說要議親都會心驚膽戰，在家裡越發沈默。

「好，有志氣！」

喬月讚賞地點點頭，雖然她比蕓娘還小好幾歲，但說話做事都很老練，像一個慈和的姊姊。

蕓娘不好意思地抿嘴笑了一下。

喬月道：「蕓娘，我教妳做雞蛋灌餅，到時候妳學會了，就可以去擺攤掙錢，好不好？」

「小姑，這……」蕓娘睜大眼睛一下子站起來，不敢相信自己聽到的話。

「我說的是真的。」喬月拉著蕓娘坐了下來。「這個爐子就是我之前訂製的，當作是送給妳的生辰禮物。」蕓娘的生日是三天前，這爐子還沒做好。

「可、可我笨手笨腳的，怕是學不會。」蕓娘激動地雙手緊緊握在一起。

喬月微笑道：「沒關係，我教妳，只要妳用心學，都是很簡單的。」

蕓娘感激地點頭。「小姑，我一定好好學。」

說著話，喬月就開始教蕓娘，從和麵、醒發、揉麵到烙餅一一講解，接著就是最重要的烙餅和灌雞蛋。

「這個油酥是用來讓雞蛋分層的，非常重要，把油酥包好再把餅擀薄放在爐子上烙。」

喬月一邊說，一邊把餅翻過來。

在蕓娘驚奇的目光中，她拿著筷子將鼓起來的餅皮挑破，把準備好的蔥花、雞蛋倒了進去，待烙至兩面金黃後，一個漂亮又好吃的雞蛋灌餅就完成了。

「小姑，妳好厲害！」蕓娘非常驚訝，她雖然會烙餅，但是把蛋液倒進去的做法卻從未見過，見喬月做得又快又簡單，蕓娘照著喬月的做法，把餅擀好後放在爐子上烙，等到中間鼓泡時趕緊用筷子挑破。

噗！

一聲輕響，餅被扯出一個大口子。

蕓娘僵住了，怎麼第一個就失敗了。

「沒事沒事，重來就行了，熟能生巧嘛！」喬月說著示意蕓娘重來。

第二個，裂口小了點，但是沒來得及倒蛋液，餅皮就從筷子上滑下去黏起來了。

第三個，口子戳得太小，蛋液倒了一鍋。

第四個、第五個……直到把案板上的麵團全部用完，蕓娘才勉強做出一個雞蛋灌餅。

喬月點頭笑道：「有進步了。」

蕓娘尷尬地脖子都紅了，浪費了那麼多張餅，唯一一個做好的還被烙糊了。

蕓娘有些沮喪。「小姑，我太笨了，把這些麵都浪費了。」

「怎麼會呢，這些餅可以留著當晚飯。」喬月道：「學手藝不要害怕浪費，要不然還怎麼學。」

「可是……」蕓娘難過地看著失敗的麵餅，這些麵都是用家裡的銀子買的，要是讓娘知道她這麼浪費，肯定要罵死她了。

喬月勸道：「沒事的，等妳熟練了，擺攤賺了錢，多少麵都能買回來。」

蕓娘嗯了一聲，把桌子收拾好，又打了一碗麵開始製作。

晚上吃飯的時候，蘇家人都驚訝地看著盤子裡疊得高高的雞蛋灌餅，有爛的、糊的、雞蛋糊在餅上的。

向來珍惜糧食的劉氏面色陰沈下來。

見此情景，徐氏猛地把筷子砸在桌子上，發出清脆的聲響。

蕓娘身子一抖，根本不敢抬頭看徐氏。

「蕓娘，誰讓妳弄這些的，妳知不知道這白麵有多貴，是讓妳這麼糟蹋的嗎？」她眼睛瞪著蕓娘，餘光卻落在喬月身上。

「妳知不知道這些麵是妳小姑掙錢買回來的，妳自己幾斤幾兩重妳不知道嗎？還跟著學什麼手藝，妳能學會什麼！」

「大嫂，」喬月開口道：「是我讓蕓娘跟我學的，您不要責怪蕓娘。」

徐氏看著喬月，扯了扯嘴角笑道：「小妹，這麵是妳花錢買的，大嫂不能說什麼，但蕓娘這麼浪費，就是該罵，她腦子愚笨，妳費心教她也沒用，何苦浪費糧食呢，她跟著我們在地裡刨點也能吃飽。」

一番話說得陰陽怪氣，喬月臉色一變，想要懟回去，卻還是忍住了。她的眼神落在對面的蕓娘身上，她的肩膀輕微地顫抖，淚珠落在面前的碗裡。

「大嫂，這怎麼叫浪費呢，這不是讓大家吃了嗎？只要能學會，把麵錢賺回來就好了呀。」喬月道。

徐氏哼了一聲，說道：「不勞小妹費心了，蕓娘沒那個做生意的命，她只要老老實實待在家裡幫我幹點活就行了，都是大姑娘了，出去拋頭露面的太難看了。」

說完不再看眾人，繼續吃東西。

「大嫂，我……」

喬月還想說什麼卻被劉氏打斷。「好了，都吃東西吧。」

一頓晚飯吃得鴉雀無聲，只聽到碗筷碰撞發出的清脆聲音。

天黑後，喬月洗完澡沒有回房間，她搬了把椅子坐在屋簷下乘涼看星星。

漆黑的夜空掛滿了星星，一閃一閃的很好看，今晚的月亮也很明亮，彎彎似小船，皎潔的月光灑向大地。

「睡不著嗎？」

突然，一道溫和的聲音從身後傳來，喬月不用回頭也知道是蘇彥之。

「嗯，睡不著，出來透透氣。」喬月盯著星空說道。

蘇彥之拿來一個凳子坐在她旁邊，知道她是因為今天晚飯時的事不開心。

這還是這麼長時間以來，蘇彥之第一次見喬月這麼不高興。他看她每天臉上都掛著微笑，說話做事總是透著一股輕快的氣息，從沒見過她此刻難過的樣子。

「你也睡不著嗎？明天還要去書院呢，該去休息了。」喬月偏頭看著他。

蘇彥之有些不自然地笑了一下，拿著蒲扇搧了幾下，說道：「今天夫子說的問題沒想明白，睡不著。」

他也不知道自己為什麼睡不著，更不知道他為什麼會走出來，或許是看到她晚飯後明顯不高興的模樣，又或許是因為她一心為蕓娘卻要被大嫂譏諷指責。

蘇彥之現在已經把喬月當做自己的妹妹了，要不然為什麼他一躺下，腦海就是喬月難過到快要流淚的表情，攪得他根本睡不著。

「三哥，我做錯了嗎？」喬月問。

被徐氏說了一頓後，喬月就在想，是不是自己干涉的太多了，仗著自己會點手藝就去教這個、教那個，卻沒想過這樣會引起別人的反感。

徐氏她們和自己的思想不一樣，她覺得女人要自立自強，手中要有傍身的手段，可是她們不這樣想。

在家靠父母，嫁人只要靠丈夫就行了，這麼多年大家都是這樣過的，而且藝娘一個女孩子家家，只要在家好好相夫教子、照顧家庭就足夠了。

喬月有些沮喪和難過，看來徐氏對自己早就有很大的意見了。

蘇彥之抬手輕輕撫摸了下喬月的頭髮，說道：「妳沒做錯，妳願意教藝娘學手藝賺錢是非常了不起的事。」

——未完，待續，請看文創風1138《一勺獨秀》下

2023年1月出版

醫躍龍門

文創風 1134～1136

她的醫身好本事可是專治有緣人的，
他的疑難雜症，統統包在她身上啦！

初來妻到，福運成雙／丁湘

因修行岔氣而穿越到古代的海雲初很頭痛，眼下這是什麼爛劇本啊──
原身乃堂堂官家千金，無奈老爹捲進朝堂之爭，只得委身豫王世子營救入獄家人，
孰料那混蛋下了床就不認帳，竟將她賣進青樓，幸虧奶娘相助才逃出生天。
可隨奶娘避居鄉下的原身已珠胎暗結，又因洪水和奶娘一家失散，最後難產而亡，
若非她醫術高超施針自救，及時讓腹中的龍鳳胎平安出世，才不致釀成一屍三命！
如今有隨身空間的藥庫傍身，此地不宜久留，她決定帶娃上路尋找奶娘一家，
投宿破廟卻遇見突發急症的神秘公子，見死不救非醫者所為，遂自薦診治。
這公子的來頭肯定不簡單，但病殃身子實在太弱，底子差便罷，還有難纏痼疾，
醫病也須看醫緣，既然有緣相遇，他的頑疾就交給她這個中醫聖手對症下藥吧！

2023年1月出版

金匠小農女

文創風1131～1133

怎麼剛剛還在溫暖被窩，醒來卻陷入生死一瞬間?!
接著又發現自己不但是個痴兒，還是不受待見的伯府假千金，
這尷尬身分如何是好？伯府待不下去，不如回農村過舒心小日子！

真假千金玩轉身分，烏鴉鳳凰誰知輸贏／藍爛

平平都是穿越，怎麼她一醒來卻是快被溺死之際，手裡還有武器 ?!
原來她不是剛穿越，而是已在這大晉朝以廣安伯府小姐身分活了十來年，
可她因記憶未融合，成了個痴兒，在伯府懵懵懂懂又不受待見地過日子；
如今真正的伯府小姐歸來，簡秋栩才知自己是被調包的假千金……
既然如此，她一刻也不想多待，包袱款款立馬跟著親生家人離開；
不過雖與廣安伯府斷得乾淨，展開了上山找木頭、下山弄竹子的生活，
另一方面，卻有人暗中監視，早已盯上她的一舉一動……

2023年1月出版

當個便宜娘

文創風 1129～1130

一串冰糖葫蘆抵得上兩碗麵條了，村裡的孩子幾乎很少人吃過，兒子乖巧懂事，都沒敢多看它兩眼，可她這後娘不忍心啊，不就是幾文錢罷了，她又不是沒有，買，兒子想吃她都買！

行過黃泉，情根深種／宋可喜

一塊紅布擋住了視線，嘴裡也堵著團布，手腳則被麻繩緊緊捆綁著，
莫非，她被人綁架了？但她不是已經死了嗎？怎麼又活過來了？
而且，白芸能感覺到自己的骨相發生了變化，這根本不是她的身體啊！
正想著，一個老婆子掀開紅布，警告她今日若敢出啥么蛾子就打斷她的腿！
她堂堂算盡人事的相神，別人向來對她恭敬有加，現在竟被人揪著耳朵罵？
但現在不是生氣的時候，看這陣勢，難不成她穿越了？還穿成個新嫁娘？
隨著原身的記憶漸漸湧現，她總算明白了眼前的情況——
她是父母雙亡、被奶奶綁到宋家嫁給病入膏肓的宋清沖喜抵債的小可憐！
雖說她一肚子火，但無奈被餓了兩天，渾身乏力，只得乖乖和大公雞拜堂，
好不容易進入洞房，眼前竟溜進個可愛的小男娃衝著她喊「阿娘」，
所以說，她的身分不僅是個隨時會當寡婦的新娘，還是個現成的便宜娘？

命可算不可認，情可愛不可怕／懿珊
算命
一卦千元

2022年12月出版

算什麼大師

算卦事業步上軌道後，她的煩惱就少了八成，
唯一遺憾的是，原主的執念居然是要考大學?!
去烹飪學校學做美食不好嗎？不用寫作業、練習冊，更不用考英文！
幸好，這張考卷還有選擇題，能讓她卜卦算答案混分數……

文創風 1124 1

神算門掌門林清音因專注修煉，不知世事，最終渡劫失敗，
本該魂飛魄散，可她轉眼成了家貧、被霸凌自殺的高中資優生。
再活一回，她決定好好體驗普通人的生活，用心享受人生，
但在世俗中凡事都要錢，她便趁著暑假在公園算卦，一卦千元。
她從群眾中挑出一個霉運當頭的青年試算開啟生意，算不準退費！
這人叫姜維，家境優渥、課業優秀，天生的氣運也是上佳，
本該是幸運兒，卻被人搶走了運氣，導致全家倒楣。
知道幫了個學霸，她開心極了，她的暑假作業就全靠他了！

文創風 1125 2

缺錢的林清音熱愛學習，只因為原主成績優異才能免付學雜費！
免費的課，上一堂，賺一堂，而且在學校還能到食堂吃飯。
最初，她被親媽的地獄廚藝嚇怕了，搞不懂為何大家都愛吃三餐，
如今她什麼都愛吃，還吃得特多，真的是用身體實踐把錢吃光這件事。
所以除了讀書，算卦賺錢也不能停，幸好新學期重分班後環境單純，
大家都一心專注於課業，直到她發現同學太單「蠢」，居然搭了黑車要回家。
有她在，女同學安然無恙，但這也驗證人不能只專注一件事，必須通曉常識。
藉此，她也交到了朋友，一起讀書、吃飯、住宿舍，友情……挺不賴的嘛！

文創風 1126 3

福兮禍之所伏，算命算得準確，林清音也換來同行眼紅檢舉迷信，
她雖不懼，但避免擾民仍是租用一間卦室，營造出舒適的環境。
替人排憂解難，總會收到額外的謝禮，吃的、喝的都很常見，但一車習題？
她平常讀書考試已經寫夠了好嗎？這確定是好意？人心真是太複雜了！
就像同樣是親戚，她媽媽家的純樸善良，她爸爸家的卻吃人不吐骨，
平常總是想占她家便宜也罷，逛街遇到了還要過來說她家窮？
她記得姜維曾經說：「看到別人被打臉是很痛快的事，有益身心健康。」
今天她就要體驗親自打臉了，想來肯定更痛快、更有益身心健康囉？

文創風 1127 4

順利考上想要的學校，林清音得趁著暑假將累積的算卦預約結單，
這忙碌時刻，卦室的助理卻要去度假，生活白癡如她只得另找助理。
所幸同在放暑假的姜維有空，替她把庶務安排妥當，還懂得做點心孝敬！
投桃報李，她見他對修煉有興趣，便指點一二，順利獲得徒弟一枚，
這徒弟資質只比她差一些，氣運也不錯，重點是讀同一所大學使喚方便。
上大學後，她幸運的發現一塊風水寶地，在連假時進山閉關，築基突破，
可突破後還沒來得及開心，一張開眼卻發現跟來的徒弟身上都是龍氣！
看著一點湯都不剩的鍋，她不禁嫉妒他的好運，抓個魚吃還能吃到龍珠？

文創風 1128 5 完

姜維到處撿龍碎片讓林清音很是眼紅，不過在謝禮中獲得靈藥跟謎之琥珀後，
她便為此釋然了短暫的時光，畢竟這時代能得到這些東西極其難得。
至於為何說短暫呢？只因接下來她就慘遭網上爆紅，預約排滿了外國人。
別說她最頭痛的英文了，光是面相判斷標準她就沒經驗，八字也得考慮時差，
雖然生意興隆，對她來說卻也是一場心靈風暴……她、她需要度假！
因此她到長白山泡溫泉，順手收了人參娃娃當徒弟，讓父母享受了當爺奶的樂趣。
說來人類的親情、友情她都覺得很美好，唯獨愛情她一直不知該怎麼體驗，
不過她很忙，而實踐才是真理，等她有空閒再挑個品行好的人來試試戀愛！

為流浪貓狗加油 和貓寶貝 狗寶貝

廝守終生(一定要終生喔！)的幸福機會

對人來說，貓寶貝狗寶貝只是生活的一部分，但妳（你）對牠們來說，卻是生活的全部，領養前請一定要考慮清楚——

▲ 優質暖心大男孩　乖乖

性　　別：男生
品　　種：米克斯
年　　紀：3歲多
個　　性：親人親狗、穩定、活潑、愛撒嬌、喜歡抱抱
健康狀況：已結紮，每個月固定驅蟲
目前住所：桃園市大園區（浪愛一生大園園區）

本期資料來源：浪愛一生

第340期推薦寵物情人

『乖乖』的故事：

買一包乖乖，電腦不出包；領養一隻乖乖，家人笑哈哈。是的，黃色的狗狗很常見，但乖乖絕對是萬中選一。牠有一身很漂亮的橘黃色毛髮和蓬蓬的尾巴，親狗親人，極好相處。

乖乖生性活潑，最愛散步，平時只要有人經過牠的籠子，牠就會想跟人接觸、互動。每到吃飯的時刻，乖乖懂得友愛同伴，不會與其他狗狗一樣爭先搶食，反倒是乖巧坐在一旁，盯著志工姊姊，用眼神發送「我也想吃肉」的訊息！

在此提醒，每隻狗狗熟悉並適應環境的時間都不一定，可能很短，也可能很長，所以請領養人最大限度地給予耐心，而耐心的單位請以月、年來做計算。

歡迎對乖乖情有獨鍾的朋友快快致電龐園長0967082959，相親成功率絕對UP，也可以搜尋浪愛一生粉絲專頁，按個讚或轉發分享，您的一個小善舉maybe可以浪愛有家。

認養資格：

1. 認養人須年滿25歲。
2. 須同意簽認養寵物切結書。
3. 須同意送養人日後之追蹤探訪，對待乖乖不離不棄。

來信請說明：

a. 個人基本資料：姓名、性別、年齡、家庭狀況、職業與經濟來源等。
b. 想認養乖乖的理由。
c. 過去養寵物的經驗，及簡介一下您的飼養環境。
d. 若未來有結婚、懷孕、出國或搬家等計劃，將如何安置乖乖？

風 文創

1137

一勺獨秀 上

國家圖書館出版品預行編目資料

一勺獨秀 / 南小笙著. --
初版. -- 臺北市 : 狗屋出版社有限公司, 2023.02
冊 ; 公分. --（文創風 ; 1137-1138）
ISBN 978-986-509-396-9（上冊 : 平裝）. --

857.7　　111022120

著作者	南小笙
編輯	王冠之
校對	陳依伶
發行所	狗屋出版社有限公司
地址	台北市104中山區龍江路71巷15號1樓
電話	02-2776-5889～0
發行字號	局版台業字845號
法律顧問	蕭雄淋律師
總經銷	知遠文化事業有限公司
電話	02-2664-8800
初版	2023年2月
國際書碼	ISBN-13　978-986-509-396-9

本著作物由北京晉江原創網絡科技有限公司授權出版

定價280元

狗屋劃撥帳號：19001626

網址：love.doghouse.com.tw　E-mail：love@doghouse.com.tw